中小学生大阅读
DAYUEDU

莫泊桑短篇小说精选

（名师视频讲解版）

[法] 莫泊桑/著
曾明志/编译

長江出版傳媒 | 湖北教育出版社

序

在中国人眼中，读书一直享有很高的地位。阅读使人远离贫乏、平庸，使人博学、睿智，使历史和文明延续，使优秀品德代代传承。阅读是每个人生活中不可或缺的一部分。尤其是经典名著的阅读，对于广大青少年而言，尤为重要。因为经典名著是人类历史长河中的珍珠，历经岁月洗涤，以其卓越的思想性、艺术性，恒久绽放灿烂光华，必对青少年身心成长大有裨益。

为了倡导和推动经典名著阅读，我们组织研发了这套“中小学生大阅读（名师视频讲解版）”丛书。那么，这套丛书有何与众不同和过人之处呢？

其一，我们为青少年朋友量体裁衣，精挑细选，对从小学到高中全学段的经典名著阅读实现了全覆盖。这套丛书，包罗中国国学珍宝、中国传世经典、中国现当代名家名作、世界文学名著，等等，可谓古今中外，皆浓缩于尺牍；千山万水，尽了然于卷帙。

其二，这套丛书构架了全新的阅读体系，全程名师指导伴读，并搭配视频讲解，以学生喜闻乐见的形式解说名著经典，帮助学生提升阅读理解、写作技巧、表达交流等多方面的必备能力。

其三，这套书根据不同学段学生的心理特点、审美特点和阅读习惯，设置各具特色的板块和栏目，做到文字与插图兼美、知识与趣味并重。

青少年朋友们，我们无法丈量生命的长度，但可以拓展生命的宽度，而一本让人受益的好书，无疑是一次生命的拓展……歌德曾说：读一本好书，就是与许多高尚的人谈话。因此，阅读经典，就是与智者同行，与先贤论道。手捧这套丛书，我们可穿梭时空，遨游天下，领略极致风景，沐浴智者思想的惠泽，期盼美好的未来，成就更好的自己。

金波

中小学生大阅读
DAYUEDU

西蒙的爸爸（精读）

名师带你读

小西蒙没有爸爸，只和妈妈相依为命，因此受到了同学们的嘲笑。有一次，同学们又笑他，西蒙实在忍受不了了，与同学大打出手。西蒙伤心透了，他哭喊着跑到小河边，正好碰见铁匠菲利浦。西蒙请求菲利浦当他的爸爸，菲利浦会答应吗？

放学了。铁匠菲利浦忽然看见一个孩子，独自一个人跪伏在草丛里伤心地抽泣着。他赶忙走过去，把大手放在孩子的肩上，亲切地问道：“什么事叫你这么伤心呀，朋友？”

孩子述说了自己不幸的遭遇。他只有七八岁，今天，他头一回上学，穿着一身整洁的衣服，面色苍白，神情羞怯地走出校门，准备回家。

这时，一群正在交头接耳的小学生，带着一种恶作剧的狡猾、残忍的眼光瞧着他，慢慢地凑了过去，把他围在中间。一个十四五岁的大孩子神气十足地问他：“你叫什么？”

“我叫西蒙。”大孩子们毫不放松地追问着，“西蒙后面还得有点东西，光是西蒙？这不是一个姓。”小西蒙张口结舌地回答不上来，这些捣乱的孩子们都笑了。那个大孩子更得意，高声说：“你们都看见了吧，他没有爸爸。”

西蒙想要替自己辩解，可是找不出话来驳倒他没有爸爸这件可怕的事实。

名师批注

外貌描写，寥寥几笔，却包含丰富的信息：“整洁的衣服”说明母亲把西蒙照顾得很好；“神情羞怯”说明西蒙与人交往很少，怕见陌生人。

知识链接

张口结舌：张着嘴说不出话来，形容理屈或害怕。

名师带你读

名师导读精心设计，激发学生阅读兴趣，让学生带着问题去阅读。

名师批注

欣赏优美语段，体会深层情感，引导学生进行深入思考，全面提升学生的理解能力。

知识链接

延伸、拓展课外知识，帮助学生轻松阅读，灵活掌握。

莫泊桑短篇小说精选

一个被他看作出众的绅士正坐在旁边，郎丹忍不住要炫耀一下，要把事情告诉他，于是用一种相当卖弄的姿态说自己新近继承了四十万金法郎遗产。

他第一次在戏院里感到不厌烦，后来又和女孩子们过了夜。

半年之后，他续娶了。他的第二个妻子是个很正派的人，但是脾气不好，她使他很感痛苦。

名师点拨

莫泊桑化平淡为新奇，写出了这篇真真假假，以假衬真的故事，而且剖析了人物的灵魂，令人读了"啼笑皆非"，慨叹不已。

好词多积累

贤妻良母　体恤　幽娴　举世无双　悲恸　模模糊糊

神经错乱　绯红

佳句任你评

★郎丹几乎跟着她到坟墓里去了。他伤心绝望得如此厉害，以至于在一个月之间头发全变成白的。他整天从早哭到晚，痛不欲生，亡妻的微笑、声音和一切娇憨姿态始终缠绕着他，光阴绝没有减少他的悲恸。

★走到街上的时候，他瞧着旺多姆纪念柱，把它看成一根爬高竞赛的桅杆，很想攀到它的尖端。他觉得自己浑身轻松，可以跨过那座高入云端的大皇帝铜像的顶上表演"跳羊"的游戏。

大家来思考

当郎丹先生发现亡妻遗留下的那些珠宝都是真品时，他居然晕过去了，这说明了什么？

名师点拨

一线名师分析文章内容及写作手法，让学生快速掌握重点内容，提高阅读理解能力。

好词多积累

精妙好词细心挑选，快速锁定文章亮点，全面充实知识储备。

佳句任你评

佳句好段一一登场，逐个学习借鉴精华，快速提高写作功力。

大家来思考

根据内容提出探索性问题，"读"与"思"相结合，激发学生的思考力。

阅读准备

作品抢先看

莫泊桑，19 世纪后半叶法国优秀的批判现实主义作家，与俄国的契诃夫、美国的欧·亨利并称为世界三大短篇小说巨匠，对后世产生极大影响，被誉为“短篇小说之王”。他擅长从平凡琐碎的事物中截取富有典型意义的片断，以小见大地概括出生活的真实。他的短篇小说侧重摹写人情世态，构思布局别具匠心，细节描写、人物语言和故事结尾均有独到之处。

内容简介

《羊脂球》：小说讲述了一个绰号为“羊脂球”的妓女，在普法战争中，与九位旅客同乘一辆马车的一次旅行。这九位旅客身份各异，有老板、贵族、修女、政界人物等，他们都比“羊脂球”身份高贵。马车行经一个被普鲁士士兵占领的小镇时，被拦住检查，普鲁士军官要“羊脂球”陪他过夜，“羊脂球”断然拒绝，于是马车和马车上的人都被扣留。随着行程的拖延，全车人以各种方式劝诱“羊脂球”答应普鲁士军官的无耻要求。“羊脂球”屈从了。可是马车放行后，他们对“羊脂球”指指点点、百般轻蔑。这篇小说构思巧妙，将社会浓缩于一辆马车中，以一位羞于委身敌寇的妓女作对照，高度概括地描绘了法国各个阶层人物在外国占领军面前的不同态度，对自私虚伪的贵族、资产者进行了辛辣的讽刺。

《米龙老爹》：从生者的回忆转入正题，先讲述普鲁士士兵屡遭夜袭的奇案，后倒叙米龙老爹的英雄事迹，塑造了一个智勇双全的民间英雄的形象，歌颂了法国人民在普法战争中大无畏的爱国主义精神。

《我的叔叔于勒》：小说讲述了“我”和家人在一次出游途中，发现卖牡蛎的贩子，居然是家人日夜期盼能早日归来的于勒叔叔，于是匆匆地失望离去的故事，折射出19世纪资本主义制度下金钱决定人情的社会现象。

《项链》：小公务员的妻子玛蒂尔德为参加一次晚会，向朋友借了一串项链，来炫耀自己的美丽。不料，回家途中项链不慎丢失。她只得借钱买了新项链还给朋友。为了偿还债务，她节衣缩食，为别人打短工，整整劳累了十年。最后，她得知所借的项链原是一串假项链。

《两个朋友》：法国被围时期，两个平民百姓出城钓鱼，被普鲁士士兵捉住，逼迫他们说出进城的口令。两个人顶住了一切威逼利诱，最后被杀死了。

《西蒙的爸爸》：小说从一个叫西蒙的小孩子因为没有爸爸而在学校受到欺负写起，侧面描写西蒙的母亲所遭受的歧视和侮辱，最后以小西蒙终于有了爸爸结尾。

《俊友》：主人公杜洛阿凭借自己漂亮的外表诱惑女性，利用自己的阿谀之功，一步步地成为政界和新闻界的重要人物。小说塑造了一个不择手段的投机冒险家的形象，对于流氓式的乔治·杜洛阿在短期内的迅速发迹，进行了辛辣的讽刺与抨击。

《珠宝》：郎丹先生的妻子生前非常喜欢收藏珠宝，妻子死后，郎丹先生迫于生计，不得不变卖爱妻遗留下来的珠宝，却没想到曾经以为都是假的珠宝居然是价值连城的真品。

《一家人》：小说围绕卡拉望的母亲死而复生的情节展开，在这一事件中，卡拉望和他的太太，他们的一双儿女，还有卡拉望的妹妹一家人，都“各显神通”，充分暴露出人性的种种阴暗面，引人深思。

《一个诺曼底人》：小说通过诙谐有趣的叙述，在优美的田园风光的背景中，刻画出一个退伍回乡的士兵的形象。他身上既有浓厚的乡土气息，又带有初期资本主义式的狡猾，这也是莫泊桑称之为“最典型的诺曼底人”的原因。

《绳子》：奥希科尔纳老爹因为无意间捡了一根绳子而被仇人造谣中伤，说他捡了别人的皮包不归还。即使后来真相大白，还有谣言说他和捡到皮包的人是一伙的。他极力为自己辩解，结果没有人相信他。最后他因为此事丧失了性命。

写作背景

莫泊桑出生于法国西部诺曼底，他的母亲并非出身名门望族，但聪慧绝伦、温文尔雅，通晓四五种外语，酷爱文学艺术，与福楼拜是莫逆之交。莫泊桑出生不久，父母因感情不和而分居，莫泊桑跟随母亲，在母亲身边度过了幸福的童年。

莫泊桑 10 岁时，就开始听母亲为他朗读莎翁的作品。莫泊桑的不少短篇都是母亲为他提供的题材，即便在他成名以后，母亲仍是他忠实的读者和直言不讳的批评者。

后来莫泊桑进入鲁昂的高乃依中学，在那里，他的文学修养有了长足的进步。著名诗人和戏剧家路易·布耶成了他的导师，而他的另一位严师则是福楼拜。福楼拜着力培养莫泊桑力透纸背的文笔、洞察事理的眼力以及遣词造句的能力。

1869 年，莫泊桑通过中学会考进入巴黎大学法学院攻读法律。这一时期，莫泊桑查阅了形形色色的案例，这些案例也为他的文学创作提供了大量素材。

从 1872 年起，莫泊桑定居巴黎。为了谋生，他先后在海军部和教育部任职。这些经历使他对小职员的生活状况和精神境界有了深刻的认识，成为他日后创作的重要主题。

作者档案

1850 年，莫泊桑出生于诺曼底一个没落的贵族之家。他在家乡的田园中长大，中学毕业后到巴黎学法律。1870 年普法战争爆发，莫泊桑的学业不得不中断，他被征入伍，但很快又返回故乡。随后他在法国海军部（后又转至普通教育部）当了将近十年的小职员。

1879 年，为纪念普法战争十周年，当时法国著名作家左拉，还有包括莫泊桑在内的五位青年作家，决定写一本小说集，叫《梅塘夜话》，第一篇是左拉的名作《磨坊之战》，第二篇就是莫泊桑的《羊脂球》。小说集在巴黎引起轰动，特别是《羊脂球》，受到人们热烈欢迎，莫泊桑一举成名。从此他一发不可收拾，短短十年中，他发表了三百多篇中短篇小说、六部长篇小说、三部抒情游记、一部诗集，还有若干戏剧和相当数量的评论文章。

1891 年，由于折磨他多年的疾病恶性发作，他不得不告别文坛。1893 年 7 月，他与世长辞，终年 43 岁。

莫泊桑师承福楼拜，经过了福楼拜非常严格的写作训练，和福楼拜同属 19 世纪后半叶法国批判现实主义的代表作家。

他的成功之处在于从一般人视而不见的凡人小事中，发掘出带有本质意义和美学价值的内容，从而大大丰富了文学的题材。

艺术特色

逼真自然，是莫泊桑在短篇小说创作中追求的首要目标，也是他现实主义小说的重要标志，相比 19 世纪前期的巴尔扎克、司汤达与梅里美的作品，莫泊桑的短篇小说已经完全摆脱浪漫主义色彩，更抛弃了传奇小说的一切手法。

1. 选材上，莫泊桑的短篇小说大都以日常生活的故事或图景为内容，平淡准确得像实际生活一样，没有人工的编排与臆造的戏剧性，不以惊心动魄的开端或令人拍案叫绝的结尾取胜，而是以一种真实自然的叙述艺术与描写艺术吸引人。

2. 人物的描绘上，莫泊桑不追求色彩浓重的形象、表情夸张的面目、惊天动地的生平与难以置信的遭遇，而致力于描写“处于常态的感情、灵魂和理智的发展”（《论小说》），表现人物内心的真实与本性的自然，通过人物在日常生活中的自然状态与在一定情势下必然有的最合情理的行为、反应、表情，来揭示其内在心理与性格特征。他描写人物性格极为出色的一系列名篇如《一个诺曼底人》《羊脂球》等，无不具有这种特点。

3. 表现形式上，莫泊桑是炉火纯青的技艺的掌握者。他不恪守某种既定的规则，而是自由自在地运用各种方式与手法。

4. 以白描的笔法进行勾画是他的特长，而以丰富鲜明的色彩进行细致的描绘，亦是他才能所在，当他需要的时候，他往往绘制出精细入微的图景。

主要人物

《羊脂球》中的“羊脂球”：对“羊脂球”这一人物形象的塑造是在将她与那些所谓的“上等人”的强烈对比中完成的。作者巧借一次普通“乘车”事件，将“下等人”“羊脂球”与“上等人”进行了对比，分别检验了他们各自的价值观和道德品质：伯爵、议员、商人、修女、自由派等代表着体面的“上等人”，在普鲁士侵略者面前卑躬屈膝、贪生怕死、出卖同胞；而被世人视为“下等人”的妓女“羊脂球”却能舍己为人，表现出强烈的爱国精神和民族尊严。

《我的叔叔于勒》中的于勒：于勒是一个“冒险失败沦落为乞丐的形象”。其性格特征具有两面性。年轻时浮躁、放荡，吃喝玩乐，行为不端，不但花光了父母留给他的遗产，还占用了哥哥应得的那一份。被视为“坏蛋、流氓”的他最后被打发到美洲去了。于勒的本质是善良的，他被逐出家门后，漂洋过海发了财，他开始反省了。他写信告诉哥哥，要补偿从前因他造成的损失。然而于勒的美好希望未能如愿，他经营失败后，沦落为街头流浪的乞丐，然后又在海上漂泊，以卖牡蛎为生。

《项链》中的玛蒂尔德：玛蒂尔德是一个小职员的妻子，生活并不富裕，但处于资本主义的花花世界，备受资产阶级风气的熏陶，因此她对资产阶级上流社会的繁华富贵怀有无限羡慕之情。她对自己的婚姻感到不满，和有钱的女友相聚归来，她会感到痛苦。为了在宴会上出风头，满足自己的虚荣心，她想方设法准备服装，并向女友借来项链。不料乐极生悲，在回家途中弄丢了借来的项链。为了偿还项链，她不得不忍受精神上的痛苦，承受经济上的压力，过穷人的生活。她片刻的虚荣换来的是十年的辛酸。

读法指导

1. 了解莫泊桑短篇小说的主要类型

莫泊桑短篇小说的主题大致可归纳为三个方面：第一是讽刺虚荣心和拜金主义，如《项链》《我的叔叔于勒》；第二是描写劳动人民的悲惨遭遇，赞颂其正直、纯朴、宽厚的品格，如《两个朋友》；第三是描写普法战争，反映法国人民的爱国主义精神，如《羊脂球》。

2. 抓住莫泊桑短篇小说的主要特点

莫泊桑的短篇小说追求自然、逼真的效果，既是对以往现实主义文学传统的继承，也是对它的补充与丰富。应该指出的是，莫泊桑虽然恪守写实的原则，但也并不放弃对非现实主义的艺术效果的追求，他有时会在细节上加以浪漫主义的夸张。

目录
CONTENTS

羊 脂 球（精读）

名师带你读

普法战争时，法国的一群贵族、政客、商人、修女等“上等人”和一个叫“羊脂球”的妓女同乘一辆马车逃离敌军占领区，在一关卡受阻。普鲁士军官要求同“羊脂球”过夜，遭到“羊脂球”拒绝，那些“上等人”也深表气愤。但马车被扣留后，他们竟施展各种伎俩迫使“羊脂球”就范，为大家解围，而“羊脂球”最终得到的又是什么呢？

一连好几天，零零星星溃败的军队不断从城里穿过。那简直不是队伍了，只算是散乱的游牧部落。弟兄们脸上全是又脏又长的胡子，身上全是破烂不堪的军服，并且没有团的旗帜也没有团的番号，他们带着疲惫的姿态向前走。全体都像是压伤了的，折断了腰的，头脑迟钝得想不起一点什么，打不定一点什么主意，只由于习惯性而向前走，并且假若停步就立刻会因为没有气力而倒下来。

我们所看见的，主要是一些因动员令而应征的人和好些素以机警出名而这次出队作战的国民防护队：前者都是天性爱好和平、依靠固定利息过活的安分守己的人，他们都扛着步枪弯着身体；后者都是易于受惊和易于冲动的人，既预备随时冲锋，也预备随时开小差。并且这两类人的中间有几个

名师批注

此处交代了国民防护队的成员的来历，这样鱼龙混杂的军队显然难打胜仗。

红裤子步兵都是某一师在一场恶战当中受过歼灭以后的孑遗；好些垂头丧气的炮兵同着这些种类不同的步兵混在一处；偶尔也有一个头戴发亮的铜盔的龙骑兵拖着笨重的脚跟在步兵的轻快步儿后面吃力地走。

名师批注

简单的一段文字，将义勇队的荒唐可笑隐隐约约地传递给了读者。

好些义勇队用种种壮烈的名称成立了，这些名称是“失败复仇”队、“墓中公民”队、“死亡分享”队，也都带着土匪的神气走过。

义勇队的首领，有些本是呢绒商人或者粮食商人，有些本是歇业的牛羊油贩子或者肥皂贩子。战事爆发以后，他们都成了应时而起的战士，并且由于他们有银元或者有长胡子，他们都成了军官，满身全是武器、红绒绦子和金线。他们高谈阔论，讨论作战计划，用夸大的口吻声言垂危的法国全靠他们那种自吹自擂的人的肩膀去支撑，不过有时候，他们害怕他们的部下，那些常常过于勇猛喜欢抢劫和胡闹的强徒。

普鲁士人快要进鲁昂市区了，据人说。

名师批注

普鲁士人还没来之前，国民防护队还作出预备作战的样子。然而等到敌人真正打进来了，这些人带着武器逃跑了，可见他们的虚伪面目。

两个月以来，本市的国民防护队已经很小心地在附近各处森林中间做过好些侦察工作，偶尔还放枪误伤了自己的哨兵，有时候遇着一只小兔子在荆棘丛里动弹，他们就预备作战，现在他们都回家了。器械和服装，以及从前被他们拿着在市外三法里一带的国道边上去吓唬人的凶器，现在都忽然不见了。

最后的那些法国士兵终于渡过了塞纳河，从汕塞韦和布尔阿沙转到俄德枚桥去；走在最后的是位师长，他带着这些乱糟糟的残兵败将，也实在难有作为。望着一个徒负盛名的善战民族竟然因为惨败而崩溃，他也万念俱灰，只有两个副官陪着他徒步走着。

如今，城区里静悄悄的，整个城区被笼罩着一片可怕的寂静。许多大腹便便，做生意做得没有一点男子汉气概的老板焦虑地等待着战胜者的到来，同时担心他们的烤肉铁扦或厨刀会不会被以武器论处，一想起来便心惊肉跳。

生活像是停顿了，店铺全关了门，街道全是没有声息的。偶尔有一个因为这社会的沉寂样子而胆怯的居民沿着墙边迅速地溜过。

由于等候而生的烦闷反而使人指望敌人快点儿来。

法国军队完全撤退的第二天下午，三五个不知从哪儿出来的普鲁士骑兵匆促地在市区里穿过。随后，就有一队乌黑的人马从汕喀德邻的山坡儿上开下来，同时另外两队人马也在达尔内答勒的大路上和祁倭姆森林里的大路上出现了。这三个部队的前哨恰巧同时在市政府广场上面会师；末后，日耳曼人的主力从附近那些街道过来了，一个营接着一个营，用强硬而带拍子的脚步踏得街面上的石块“橐橐”地响。

好些口令被人用一阵陌生的声音喊出来，沿着那些好像无人居住的、死气沉沉的房屋传出来。房子的百叶窗虽然全关闭着，里面却有无数的眼睛正在窥视这些胜利的人，这些根据“战争法律”取得全市生命财产的主人地位的人。居民们都吓糊涂了，正同遇着了洪水横流，遇着了大地崩陷，若是想对抗那类灾害，那么任何聪明和气力都是没有用的。因为每逢一切事物的秩序受到颠覆，每逢安全不复存在，每逢一切素来享受人为的或者自然的法律所保护的事物听凭一种无意识的残忍的暴力来摆布，这种同样的感觉必然也随之而来。无论是地震把一方的人民全压死在倒塌的房屋下面，无论是江河决口使落水的农人同着牛的尸体和冲散的栋梁一块儿漂流，无论是打了胜仗的军队屠杀并且俘虏那些自卫的人，又凭着军刀实行抢劫并且用炮声向神灵表示谢意，这一切都是极其恐怖的大灾难，它彻底破坏了我们对永恒的正义女神的信仰，也使我们无法像人们教导我们的那样，再去信赖人类的理性和天主的庇佑。

终于在每所房子的门外，都有人数不多的支队叩门了，随后又都在房子里消失了。这是侵入以后的占领行为。战败者对于战胜者应当表示的优待义务从此开始了。

名师批注

“战争法律”指成者为王，败者为寇，胜利一方将获得失败的一方所有生命和财产的权利。

名师批注

“优待义务”一词含蓄地表达了战胜者对战败者的侵略行为，引出后文。

不久，初期的恐怖消失了，一种新的宁静气氛又建立起来。在很多家庭里，普鲁士军官同着主人家一块儿吃饭。军官当中偶尔也有受过良好教育的，并且由于礼貌关系，他也替法国叫屈，说自己参加这次战争是很不愿意的。由于这种情感，有人对他是感激的；而且或许某一天也要靠他保护呢。既然应付着他，也许可以少供养几个士兵吧。并且为什么要去得罪一个完全可以依靠的人？这样的做法固然是轻率的意味多于豪放，不过轻率已经不是鲁昂居民的一种缺点了，这和从前使得他们城市增光的壮烈防护时代不一样。终于有人根据那种从法国人的娴雅性情所演绎出来的莫大理由，说是不在公开地点和外国军人表示亲近，那么在家里讲究礼貌原是许可的。所以在门外装作彼此陌生，而在家里却快快乐乐谈话，末后日耳曼人每晚待得更长久一点，和主人家一家子同在一座壁炉跟前烤火了。

名师批注

被侵略者和侵略者同在一个屋檐下和睦相处，作者用轻松的笔调描绘了一幅充满黑色幽默的画面。

城市也慢慢恢复了往常的面貌。法国人还不大出门，不过普鲁士兵却在街道上往来不息。此外，好些穿着蓝军服的轻装骑兵军官傲慢地在街面石块上拖着长军刀向咖啡馆里走去，但是对普通居民的轻蔑态度，并不比上一年在同样的咖啡馆里喝酒的法国步兵军官更为明显。

然而在空气当中总有一点儿东西，一点儿飘忽不定无从捉摸的东西，一种不可容忍的异样气氛，仿佛是一种散开了的味儿，那便是侵略的气味。

战胜者索取钱财，贪得无厌。居民们始终照数缴纳，幸好他们都是有钱的。不过一个诺曼底买卖人，越是富裕，就越害怕看见自己财产的小部分转到另外一个人手里。

知识链接

诺曼底：法国的一个地区，处于巴黎和海滨之间。

然而，在市区下游两三法里的河里，靠近十字洲，吉艾卜达勒或者别萨尔那一带，时常有船户或者渔人从水底捞起日耳曼人的尸首，这种包在军服里边发胀的尸首都是生前被人一刀戳死或者一脚踢死的，脑袋被石头碰坏或者从桥上被人一下推落到水里。河底的污泥掩盖了这类暧昧不明的野蛮而合法的报复，隐名的英雄行为，无声的袭击，这些远比白天的战斗可怕。

对入侵者的憎恶，素来能够教三五个胆大的人格外坚强起来，使他们为了一个信念而不顾性命。

这些入侵者虽然在侵占了全城后实施了铁腕统治，但并没有干过任何一件传闻他们在进军中所犯的那类暴行。后来，人们的胆子渐渐大了，做买卖的需要重新活跃起来。好几个商人都在哈佛尔订有利益重大的契约，而那个城市还在法军的防守之下，所以他们都想由陆路起程先到吉艾卜去，再坐船转赴这个海港。

名师批注

面对敌军的入侵，商人们心里想到的不是顽强抗敌，而是逃到还未被入侵的城市去做买卖，可见其个人利益至上的丑陋本性。

有人利用自己熟识的日耳曼军官们的势力，终于获得一张由他们的总司令签发的出境证。

所以，一辆用四匹马拉的长途马车被人定了去走这一趟路程，到车行里定座位的有十位旅客，他们决定在某个星期二还没有天亮的时候起程，以免招路人围观。

几天以来，地面都冻硬了。到了星期一午后三点钟光景，成堆的黑云带着雪片儿从北方飞过来，一直下到天黑，又下到深夜没有停住。

凌晨四点半，旅客们都到了诺曼底旅馆的天井里，那就是他们上车的地方。

他们都还睡意沉沉，身子在衣服里面发抖。在一片昏暗中，谁也看不清楚谁；而且冬季的厚衣服把他们的身子堆得像是一些穿上长道袍的肥胖教士。不过有两位旅客互相认出来了，第三个人就向他们身边走过去，他们开始谈天了。“我带了我的妻子。”某一个说。“我也是这么做的。”“我也一样。”第一个接着又说：“我们将来不回鲁昂了，并且假若普鲁士人去哈佛尔，那我们就去英国。”三个人的打算不约而同，实在是气味相投。

名师批注

通过对话描写，交代马车上十个人中有三对夫妇，另外四人尚未登场。

但是，迟迟不见人来套车。一间乌黑的房子的门开了，一个手提小风灯的马夫走出来，又立刻走进另一间屋子里。

许多马踏在地面上，不过地面上的草减轻了马蹄的声音，一阵向牲口说话和叱骂的人声从屋子的尽头传出来了。接着一阵轻微的“丁零零”声响着，那是报告有人正触动马的鞍辔；那种响声不久变成了一阵清脆而连续的颤抖，随着牲口的动作而变化，有时候忽然停一下，随即又在一种突然而起的晃动中再响起来，同着一只蹄铁扑着地面的沉闷声音一齐传到外面。

名师批注

通过对声音的敏锐观察和细致入微的描述，给读者无限的想象空间。

门突然关上了。一切响声都停止了。那些冻僵了的市民都不说话了，直挺挺地待在那里。

连绵不断的雪花织成了闪闪发亮的帷幕，徐徐向大地降落，它使万物模糊不清，给所有的东西蒙上了一层像泡沫一样的雪花。

那个马夫又提着风灯出来了，手里紧紧地牵着一匹不愿意出来的可怜的马。他把马靠近了车辕，系好了挽革，前前后后长久地瞧了一番去拴紧马身上的各种马具，因为他一只手已经拿着风灯，所以他只有另一只手可以做事，他去牵第二匹马了，这时候他才注意到那些毫不动弹的旅客，发现他们已经浑身雪白，于是说道：“各位为什么不上车，至少那里有遮盖。”

知识链接

挽革：从马的身上直接和车身相联系的一种革带，也是马具的一种。

显然，他们都没有想到这一点，现在他们都赶忙向车里走去。三位男旅客把他们的妻子都安排在顶前头的位子，自己也跟着上来；随后，另外那些遮头盖面的旅客彼此没有交谈一句话，就都坐在剩下的位子上了。

车里的地下铺着些麦秸，旅客们的脚都藏在那里边了。那些坐在顶前头的女士都带着那种装好炭饼的铜质手炉，烧燃了炭饼，便低声慢气地举出它的种种好处，互相重复地叙述那些她们早已知道的事物。

末了，车子套好了，因为拉起来比较困难，所以又加了两匹马，有人在车子外面问：“旅客们可是都上了车？”车里有一道声音回答：“对的。”大家起程了。

车子走得很慢，简直全是小步儿。轮子隐到了雪里；整个车厢轧轧地呻吟着，拉车的马老是打滑，气喘吁吁，全身冒热气。车夫手里那根长鞭子不住地噼噼啪啪响着，向各方飞扬，陡然鞭着一匹马撅起的臀部，马受到狠狠的一击，便紧张地奔跑起来。

天色不知不觉亮起来了，雪已经不下了。一道昏暗的光线从乌云里投射出来，在厚重乌云的反衬下，雪野显得格外明亮耀眼，地面上时而闪现一排着霜衣的大树，时而出现一座戴雪帽的茅屋。

马车里，大家借着黎明时候的黯淡光线，彼此好奇地互相望着。

车厢里头最舒适的位子上，鸟老板夫妇面对面地打着瞌睡，他俩是大桥街一家酒行的老板。

名师批注

马车上第一对夫妇出场，引出下文对鸟老板背景的详细介绍。

他原是在一个亏了本的东家身边做伙计的，买了老板的店铺并且发了财。他用很低的价钱把很差的酒卖给乡下的小酒商，在相识者和朋友们当中，他被视为一个狡猾的坏坯子，一个满肚子诡计的地道诺曼底人。

他的奸商名声是人人皆知的，以致某天晚上都尔内先生在州长的客厅里，把他这个用“鸟”字作姓的人作为戏谑的对象。都尔内先生是个创作寓言和歌曲的作家，他的文笔辛辣而且细腻，给地方上带来光荣。那天晚上，他看见女宾们都像要打瞌睡，就提议来做“鸟翩跹”的游戏。有人从他的语气中懂得他想说的原是“鸟骗钱”，这句话就此自动穿过州长的客厅飞到市区的各处客厅里，使全省的人张大嘴巴整整笑了一个月。

此外，鸟老板是以种种性质的恶作剧，善意的或者恶意的笑谈而出名的；只要谈到他，谁也不能不立即加上这么一句：“他是妙不可言的，这鸟。”

他身材矮小，腆着一个气球样的大肚子，两撮灰白长髯中间夹着一张赤红赤红的脸。

名师批注

寥寥几笔，就勾勒出鸟老板贪婪、猥琐的丑陋形象。

他的妻子高大、强壮、沉着、大嗓门，而且主意又快又坚决，在那个店铺里简直有着绝对权威。

他俩身边坐着一个比较高贵的人——迦来·辣马东先生，他出身于更高的阶层，是个被人重视的人物，以棉业起家，产业是三个纺织厂，曾得过荣誉团骑士的称号，又是州参议会议员。在整个帝政时代，他始终是个善意反对派的领袖，根据他本人的说法，他是只用无刃的礼剑作战的，先攻击对方，再附和几声，以便索取高价的报酬。迦来·辣马东太太比她丈夫年轻得多，素来是鲁昂驻军中出身名门的军官的“安慰品”。

> 名师批注
> 将“高贵”一词贴在迦来·辣马东先生这一政治投机者身上，充满了强烈的讽刺意味。

她坐在自己丈夫的对面，显得娇小而漂亮，身上裹着皮衣，用一种颓丧的眼光望着车子内部的凄惨景象。

他俩的身边是禹贝尔·卜来韦伯爵夫妇，他们出身于诺曼底的最古老又最高贵的一个世家。伯爵是个气派雍容的老绅士，他尽力修饰自己的服装以加重他和亨利四世的天然相似之点，根据他家庭里的一种光荣传说，亨利四世曾经使得卜来韦家一位夫人怀孕，她的丈夫因此被封为伯爵，又做了本省的巡抚。

> 名师批注
> 家庭丑闻也能成为增加个人知名度的砝码，禹贝尔·卜来韦伯爵贪慕虚荣的形象跃然纸上。

禹贝尔·卜来韦伯爵也和迦来·辣马东先生一样是州参议会议员，代表本州的奥尔雷阳党，他的太太是南特市一个小船长的女儿，他俩为什么会结为夫妻，始终是个谜。不过伯爵夫人确也雍容华贵，她接待宾客的风度比谁都强，并且被人认为和路易·菲利浦的一个儿子曾经有恋爱的经历，因此所有的贵族都好好地款待她，而她的客厅始终是当地唯一保存着古老的恋爱风气的地方，要进去是费事的。

卜来韦家的财产全是不动产，据说每年约莫有五十万金法郎的收入。

这六位旅客都是生活安逸、有稳定收入的，他们都是相信天主教和懂得教义的、有权有势的人。

> 名师批注
> 总结了马车上三对夫妇的基本情况，为后文的情节做铺垫。

出于偶然，车里某一边的长凳上坐的全是女士；靠近伯爵夫人的位子上有两个嬷嬷，她们正捏着长串的念珠，嘴里念着天父和祷告。其中一个是年老的，脸上满是麻子。另一个很虚弱，似乎有肺病。两个嬷嬷的对面，有一个男子和一个女人吸引着全体旅客的视线。

名师批注

最后一句话引出了本文的主人公——“羊脂球”。

男子很出名，是被人称为“民主朋友”的戈尔孥兑，好些被人敬重的人士却当他是祸根。二十年来，他在各处民主派的咖啡馆里用大杯啤酒浸着他那火红色的长胡子，他父亲本是一个糖果商，遗留给他的那份财产是颇为丰厚的，他却带着他的弟兄们和朋友们挥霍干净，末后焦躁地等候共和政体使自己获得适当的地位。九月四日那天，也许有人故意捉弄他，他自以为受到任命做了州长，不过到了他上任办公的时候，那些始终身居主人翁地位的机关公务员却拒绝接受他，终于逼得他只好退位。此外，他是位好好先生，毫无恶意而且肯替人效劳，这一次，他用一种谁也比不上的热情尽力布置了防御工事。他教人在平原上掘了好些窟窿，在近处的森林里砍倒了所有的嫩树，在所有的大道上布置了好些陷阱，到了敌人快要到的时候，他满意于自己的种种措施就赶忙缩回市区里来。现在坐在马车上，他想，自己到了哈佛尔可以做些比较有益的事情，因为那里很需要构筑新的防御工事。

女人呢，是以妙年发胖著名的，得了个和实际相符的诨名，叫作“羊脂球”。她矮矮的身材，全身上下无不丰满，丰满得在每一节小骨和另一节接合的地方都箍出了一个圈，简直像是一串短短的香肠似的。女人的皮肤是光润而且绷紧了的，胸脯丰满得在裙袍里高高耸起，然而她始终被人垂涎又被人追逐，她的鲜润气色教人看了多么顺眼。她的脸蛋儿像一个发红的苹果，又像一朵含苞欲放的芍药；脸蛋儿上半部分，一双活溜溜的黑眼睛，四周深而密的睫毛向内部映出一圈阴影；脸蛋儿下半部分，一张妩媚的嘴，窄窄的，润泽得使人想去亲吻，内部露出一排闪光而且非常

名师批注

作者用通俗准确、简洁明快的文字细致描述了“羊脂球”的外貌，使读者对“羊脂球”的基本特征有了清晰的了解。

纤细的牙齿。

此外，人们还说她是具备种种无从评价的品质的。

她被人认出来以后，好些低声的密谈就在那些珍惜名誉的妇人中间进行着，后来“淫妇”和“社会的羞辱”这一类字眼被她们很响亮地说个不休，引得“羊脂球”抬起了头。这时候，她用很有挑战意味的眼光向车内扫视了一圈，于是一阵深远的沉寂立刻又恢复了，大家全低着头，只有鸟老板例外，他用不正经的眼光偷偷地看她。但是不久，三位贵妇人的谈话又开始了，有了这个“姑娘”在场，她们突然变成几乎是非常亲密的朋友。觉得面对着这个毫无羞耻地卖身的女人，她们应当凭有夫之妇的身份结成一个团体；因为法定爱情素来高出自由爱情的头上。

名师批注

三位贵妇人因为以“羊脂球”为谈资而结成团体，作者在不动声色中深刻揭露了人性的丑恶。

三个男人看见戈尔弩兑，也由于保守派的一种本能彼此接近起来，用一种蔑视穷人的姿态谈着钱财，禹贝尔伯爵说起普鲁士人使他遭到的损害，牲畜被虏和收获无望造成的损失，用一种家资千万的大领主的沉着态度说这些灾祸不过使他困苦一年。迦来·辣马东先生在棉业当中有痛苦的经验，他已经小心地汇了六十万金法郎到英国作为应急之用。至于鸟老板呢，他早和法国的军需当局有过商量，向政府卖出他酒窖里所有的普通葡萄酒，这样就使得政府欠了他一笔非常之大的现金，他现在就打算到哈佛尔去取。

最后，这三个男人都使出一个友好的、迅速的眼色互相望了一下。各人的具体情况虽然不同，但他们都是有钱人，他们都是那个大行会的成员，都是富得把手插到裤子口袋就会教金币清脆地响的，所以他们感到彼此都是弟兄。

名师批注

这三个男人建立在金钱关系上的友谊，必然是虚假而又脆弱的。

车子走得很慢，到了早上十点钟还只走了四法里。男人们在上坡的时候一共下车步行了三回，大家渐渐不放心了，因为本来应当在多忒吃午饭，现在眼见得不到天黑是没法子赶到的。所以到了车子陷到积雪当中要两小时才拉得出来的时候，每一个人都去探索大路上的小酒店了。

吃东西的欲望一步一步增加，使得每一个饿了的人都是心慌的；然而没有人看见一家饭铺子、一家酒铺子，因为法国的饥饿队伍走过之后，又有普鲁士人要过来，所有做生意的人都吓跑了。

名师批注

交代大家饥饿难耐，为后文众人共同享用“羊脂球”的食物这一故事情节做铺垫。

先生们跑到大路边上的农庄里去寻找食物了，不过他们连面包都没有找着，因为农民生性多疑，生怕路过的军人饿红了眼，见到什么就抢什么，所以早已把家里的食品都藏起来了。

将近下午一点钟，鸟老板扬言自己的确感到肚子非常饿。大家久已和他一样感到痛苦；这种不断扩大的求食的强烈需要终于关上了他们的话匣子。

不时有人打呵欠了，另一个几乎立刻就模仿他，于是大家都轮番打起来。有人带着响声张开嘴巴，有人略略张开嘴，随即举起一只手掩住那个吐出热气的大窟窿。“羊脂球”一连好几次弯着身子，如同在裙子里寻找什么一样。她迟疑了一刹那，望了望同车的人，随后安安静静地挺直了身子。各人的脸上都是苍白的和缩紧的。鸟老板声称自己可以出一千金法郎去买一只肘子吃。他的妻子如同抗议似的做了一个手势，随后就不动弹了。只要说起乱花钱，她素来是反对的，甚至于把有关这类的戏谑也当成真的，伯爵说：“我确实感到不舒服，为什么我先前没有想到带些吃的东西？”每一个人都同样埋怨自己了。

名师批注

“羊脂球”一连好几次弯着身子，如同在找什么，然后又坐直了身子。她的举动为下文设置了悬念。

戈尔答兑带了一满瓶蔗渣酒，他邀请大家喝一点，大家都冷冷地拒绝了他。只有鸟老板答应喝两滴，后来他在交还酒瓶子的时候道谢了：“这毕竟有用，这教人变得暖和，可以骗着人不想吃的。”酒精教他兴奋起来了，他建议照着歌词中小船上的办法：分吃那个最肥胖的旅客。这种直接对着“羊脂球”而下的隐语，是教那些受过良好教育的人感到刺耳的。没有人回答他，只有戈尔答兑微笑了一下。两个嬷嬷已经不捏她们的念珠了，双手插在肥大的袖口里，低垂着眼睛，一动不动地坐在那里。

知识链接

活泼泼：形容人机灵，动作自然，不呆板。

下午三点钟，马车驶到一片漫无边际的平原中央，四周看不见一个村子。“羊脂球”活泼泼地弯下了身子，在长凳底下抽出一个盖着白饭巾的大提篮。

她首先从提篮里取出一个陶质的小盆子、一只细巧的银杯子，再取出一个很大的瓦钵，那里面盛着两只切开了的鸡，四面满是胶冻，后来旁人又看见提篮里还有好多包着的好东西，如蛋糕、水果、甜食等，这些食物是为三天的旅行而预备的，使人简直可以不必和客店里的厨房打交道。这些食物包裹之间还伸着四只酒瓶的颈子。她拿出一个鸡翅膀斯斯文文地同着小面包吃，小面包就是在诺曼底被人叫作“摄政王”的那一种。

名师批注

运用精准的文字，形象而又生动地表现出人的饥饿感，突出作者对生活的细致观察。

所有的目光都投向她，不久香味散开了，它增强了人的嗅觉，使得人的嘴里浸出大量的口水，耳朵下面的腮帮子也紧绷得发痛。几位贵妇人对这个“姑娘”的轻视变得更猛烈了，那简直像是一种嫉妒心，要弄死她，或者把她连着银杯子和提篮以及种种食品都扔到车子底下的雪里去。

然而，鸟老板用眼睛死死地盯着那个盛鸡的瓦钵。他说：“真好哟，这位夫人要比我们考虑得周到。有些人素来是什么都会想到的。”她抬头看着他说：“您可是想吃一点，先生？从早上饿到现在是够难受的。”他欠一欠身子：“说句真心话，我不拒绝，我再也受不住了。打仗的时候是打仗的样子，可对，夫人？”说着，他向周围扫了一眼，接着又说：“在这样一种时候，遇见有人为自己帮忙是很快活的。”他带了一张报纸，现在为了不弄脏裤子就把它打开铺在膝盖上，接着再从口袋里取出一柄永不离身的小刀，用刀尖挑起一个满是亮晶晶的胶冻的鸡腿，用牙齿咬开，便津津有味地吃起来，吃得那么心满意足，在车子里引起一阵伤心的长叹。

这时，“羊脂球”用一道谦卑而甜美的声音邀请两个嬷嬷来分享她的便餐。她俩立即接受了，在含糊道了谢之后，并没有抬起眼睛就很快地吃起来。戈尔笯兑也没有拒绝他身边这位旅伴的赠予，他和两个嬷嬷在膝头上展开好些报纸，构成一张桌子。

几张嘴不住地张开来又合拢去，吞着，嚼着，狼吞虎咽。鸟老板坐在角落里吃个痛快，一面低声劝他的妻子也学他的样子。她抗拒了好半天，最后禁不住诱惑，答应了。于是，鸟老板十分委婉地问他的“旅行良伴”是否允许他取一小块儿转给鸟夫人。“羊脂球”带着和蔼的微笑说：“当然可以，先生。”接着她就托起了那个瓦钵。

名师批注

为了达到自己的目的，之前称别人“淫妇”，此刻改称“旅行良伴”，揭示了鸟老板及其夫人的虚伪面目。

有人拔开第一瓶葡萄酒的塞子，这时却发生了一件尴尬的事：只有一只杯子。于是只好在一个人喝完以后经过拂拭再传给第二个人。只有戈尔笯兑偏偏用嘴唇去接触“羊脂球”在酒杯上吮过还没有干的地方，显然是大献殷勤。这时候，卜来韦伯爵夫妇和迦来·辣马东夫妇被这些吃喝着的人围绕着，又被食品散发出来的香味弄得呼吸急促。突然，厂长夫人发出了一声使得好些人回头来望的叹息，她脸色白得和外面的雪一样，眼睛闭着，额头往下低了：她已经失去了知觉。她丈夫急得发痴，恳求大家援救。每一个人都失了主意，这时候，那个年长一些的嬷嬷扶着病人的头，把“羊脂球”的酒杯塞到病人的嘴唇缝儿里，让她吞了几滴葡萄酒。漂亮的贵妇人动弹了，张开了眼睛，微笑了，并且用微弱的声音说她现在觉得很好了。不过，为了让这种病状不再发作，嬷嬷又强迫她喝了一满杯葡萄酒，而且还说道：“这是因为饿极了，没有旁的。”

这样一来，“羊脂球”脸上发红而且进退两难，她望着这四个始终空着肚子的旅客，吞吞吐吐地说：“老天，我真想向这两位先生和这两位夫人献出，可是……”说到这里，她害怕惹起不悦就没有再往下说。鸟老板发言了：“还用多说！在目前这种情况下，大家都是弟兄，而且应当互相帮助。赶快吧，夫人们，不用客气，请接受吧！今晚能不能找到一个地方过夜，还不知道呢！照这种走法是不能在明天中午以前到达多忒的。”他们仍旧迟疑，没有一个敢于负起责任来说一声：“可以。”

最后，伯爵来解决问题了。他转过身来对着这个胆怯的胖姑娘，接着显出他那种世家子弟的雍容大度对她说道：“我们用感恩的态度来接受，夫人。”

只有第一步是费事的。只要越过了边界，简直就可以为所欲为。不一会儿，提篮里的东西都被搬出来了。提篮里本来还盛着一份鹅肝冻、一份云雀冻、一份熏牛舌、好些克拉萨因的梨子、一块甜面包、好些甜食和一个满是醋泡乳香瓜和圆葱头的小瓷缸，“羊脂球”也像所有的妇人一样最爱吃生的蔬菜。

吃了这个姑娘的东西自然不能不和她说话。所以大家聊了起来，开始，姿态是慎重的，随后，因为她的态度很好，大家也就随便得多。卜来韦和迦来·辣马东两位夫人本来都很懂得处世之道，现在都特意显出和颜悦色的样子，尤其是伯爵夫人，她显出那种高级贵妇人的和蔼的样子。不过那位高大的鸟夫人素来怀着保安警察的心理，所以仍旧是顽固不化，话说得少而东西吃得多。

大家自然谈到战事了。大谈普鲁士人的种种骇人的事实和法国人的种种英勇的行动。而这些逃难的男男女女对于旁人的勇气都表示尊敬，不久大家开始说到个人的经历，“羊脂球”非常愤怒，她用热烈的语言叙述自己离开鲁昂的原因：“开始我以为自己能够待下去。家里本来满是吃的东西，甘愿养几个士兵，决不离开家乡跑到旁的地方去。不过等到我看见了那些家伙，那些普鲁士人，我真不由自主了！他们使得我满肚子全是怒气了，我惭愧得哭了一天。哈！倘若我是个男子汉，我就去和他们拼命！我从窗子里望着他们，那些戴着尖顶铁盔的肥猪，我的女仆人抓住我的双手，免得我把我的桌子、椅子扔到他们的脊梁上。后来，他们要到我家里来

名师批注

这段自述交代了“羊脂球”逃离家乡的原因，与其他“高尚阶级”相比，只有她是因为反抗侵略者而不得不逃亡，突出了“羊脂球”单纯而又强烈的爱国主义情怀。

住宿，我扑向第一个走进来的家伙，掐住他的脖子，掐死他们并不比掐死其余的人更难，倘若没有人抓着我的头发，我是可以掐死那一个的。事后我不得不躲起来。最后，我找着机会就动身了，现在我在这里。”

大家都称赞她。在这些没有表示自己进行激烈抗争的旅伴中间，她的地位增高了；戈尔弩兑静听着，一面保持一种心悦诚服者的赞叹，一面露出亲切的微笑；甚至于就像一个教士听见一个信徒赞美上帝，因为长胡子的民主朋友都有爱国主义专卖权，正和穿道袍的汉子们都有宗教专卖权一样。轮到他发言，他用一种理论家的语调，用那种从每天都能在墙上见到的宣言里学来的夸张口吻发言了，最后，他用一段雄辩作了结论，用威严的态度攻击那个“流氓样的巴丹盖”。

不料，“羊脂球”听到这话，立刻生气了，因为她是波拿巴党，她的脸蛋儿红得像一颗樱桃，噘着嘴巴气愤地说：“我真要看看你们坐在他的位子上会怎么干，你们这些人。那大概是很像样的，对呀！这回正是你们出卖了他，这个人！倘若人都被你们这样胡作非为的人统治，那么大家只好离开法国了！”戈尔弩兑并不动火，始终保持一种高高在上的轻蔑微笑，不过，大家觉得骂街的字眼差不多要出口了。这时候，伯爵插入中间费着劲儿安抚那个怒气冲天的“姑娘”，用权威的态度声言一切诚实的见解都是值得敬重的。伯爵夫人和厂长夫人同所有体面人一样，从心眼里对共和国就有一股莫名其妙的怨恨，同时又像所有女人一样，对威风凛凛的专制政府怀有一种天生的柔情，因此不由自主地被这个充满尊严的妓女所吸引：她和她们有着同样的情感。

名师批注

伯爵夫人和厂长夫人分别代表权势和财富阶层，而专制政府正是她们利益的保护者。“羊脂球”表现出对专制政府的维护，所以获得了两位夫人的好感，但是这种亲近是建立在利益基础上的。

提篮空了。十个人吃光一提篮食物是不费什么事的，只可惜提篮太小了。谈话又继续了一会儿，不过自从食物被吃完了，谈话渐渐地冷了下来。

夜幕降临，黑暗渐渐变得浓重，人在消化食物的时候更能感觉到寒气，“羊脂球”虽然身体肥胖，也不免打起了寒战。于是卜来韦夫人把自己的袖珍手炉送给她用，那里边的炭从早上到现在已经换了好几回，“羊脂球”立刻接受了这种好意，因为她觉得自己的脚冻木了。迦来·辣马东夫人和鸟夫人把她俩的借给了两个嬷嬷。

车夫点燃了车外的风灯。灯光是明亮而闪动的，照见辕子两边的牲口臀部的汗气像云气一样飘浮；大路两边的雪仿佛在移动的亮光底下伸展。

名师批注

从马车上的人的视角来描写黑暗之中目光所及的场景，给读者以身临其境之感。

车子里什么也看不清楚，突然，在“羊脂球”和戈尔弩兑中间发生了什么。鸟老板的眼睛正在暗中窥探，他看见那个大胡子突然向旁边一偏，似乎挨了人家狠狠的一闷拳。

前面的大路上出现星星点点的灯火了，那就是多忒镇。马车行驶了十一个小时，再加上马在路上吃了四次草料休息了两个小时，一共就是十三个小时了。车子开到了镇上，在招商旅馆的门口歇下来。

车门打开了，一阵熟悉的声音让所有的旅客感到心惊肉跳，那正是军刀鞘子碰撞着地面的声音。立刻就有一个日耳曼人嚷着几句话。

车子虽然停了，不过谁也没有下来，仿佛正有人等着旅客一下车就来屠杀。这时候，车夫出面了，他从车外取下一盏风灯拿着向车里一照，登时照亮了车子内部旅客们神色惊慌的脸儿，因为惊惧交集，他们的眼睛都是睁大的，嘴巴全是张开的。

在车夫旁边，灯光当中站着一个日耳曼军官，他是一个非常瘦的高个儿青年，头发是金黄的，军服紧紧地缚着他的腰身，仿佛是一个女孩子缚着腰甲，平顶的漆皮军帽歪歪地偏向一边，使人觉得他很像一家英国旅馆里的侍者。他那两撇长得过度的胡须直挺挺地翘起，不断地向上收束，最后只有一根金黄色的纤细毫毛，像是压着他的嘴角儿，牵着他的腮帮子，在嘴唇上印出一道下坠的折纹。

名师批注

细致刻画了日耳曼军官的外貌特征，突出了他傲慢而又猥琐的丑恶形象。

他用阿尔萨斯口音的法语请旅客们下车，用一道生硬的语气说：“各位可愿意下车，先生们和夫人们！”

两个嬷嬷首先表示了服从，所以驯服地走下车来。接着下车的是伯爵夫妇，而厂长夫妇跟在他们后边，随后才是鸟老板推着他那个高大的老婆在他前面走。他的一只脚刚着地，就向军官说了一声：“您好，先生。”那军官却像所有握有至高无上权力的人一样，傲慢地睨了他一眼，根本不睬他。

名师批注

通过动作和语言描写，刻画了鸟老板的丑恶嘴脸。

“羊脂球”和戈尔弩兑虽然都坐在门口边，下车却在最后，而且在敌人跟前显得又稳重又高傲。胖姑娘极力让自己镇定，使自己显得安详，民主朋友用一只略略发抖的手捋着自己的火红长胡子。他们都懂得在这种场合下，每一个人多少代表着祖国，所以都愿意保持一点庄严态度；他们对他们的旅伴们的软弱样子感到反感，她极力显出自己比她那些女旅伴，那些顾爱名誉的妇人更自尊；他呢，觉得应当以身作则，在态度上继续他那种已经由破坏大路开始了的抗敌使命。

名师批注

“羊脂球”和戈尔弩兑的这一共同点让他们对彼此都产生了好感，为后文情节做铺垫。

大家走进旅馆的厨房里，日耳曼人让他们出示了那份由总司令签了名的出境证，那上面记载着每一位旅客的姓名、年貌和职业，他长久地端详着这一行人，把他们本人和书面记载来做比较。

接着，他突然说道：“这对的。”随即就走开了。

这时候，人人都松了一口气。由于大家都还饿着肚子，就让人预备夜宵，不过他们必须等上半个小时。于是趁着两个厨娘着手料理的时候，旅客们去看屋子了。屋子都在一条长的过道里，尽头有一扇玻璃门，门上写着一个表示意义的号码。

大家终于坐在饭桌上，这时候，旅馆的掌柜亲自走出来。旅馆掌柜原是一个马贩子，他是一个害着气喘病的胖子，他嗓子发哑，带着痰响。他父亲传给他的姓氏是伏郎卫。他问道：

名师批注

通过对话，设置了悬念，普鲁士军官找“羊脂球”到底有何事呢？

“哪一位是艾丽萨贝特·鲁西小姐？”

“羊脂球”吃惊了，转过头来回答：

“是我。”

“小姐，普鲁士军官立刻要和您说话。”

“和我吗？”

“是呀，倘若您的确是艾丽萨贝特·鲁西小姐。”

她摸不着头脑了，思索了一下，随后爽利地说：

“这是可能的，不过我不会去。”

她的周围发生一阵骚动，每个人都发表意见，探究这道命令的来由，伯爵走近她跟前说：

“您错了，夫人，因为您的拒绝是能够引起种种重大困难的，不仅对于您自己，而且对于您的全体旅伴也一样。人不应当和最强的人作对。他这种要求绝不会引起任何危险，很可能只是要补些什么手续。”

名师批注

大家为了保护自己的利益而站在了同一战线，丝毫没有考虑“羊脂球”的感受，就更不必谈民族尊严和爱国之心了。

大家都附和伯爵的意见，纷纷央求她、催促她、重复地劝告她，终于说服了她。因为谁都害怕一个冒昧举动可能带来种种麻烦。最后她说：

“确实是为了各位，我才这样做。”

伯爵夫人握着她的手。

“这样，我们谢谢您。”

她出去了。大家等着她回来吃饭。

由于没有像这个性情暴躁的姑娘一样被人传唤，每一个人都发愁了，并且暗自预先想好些卑屈的办法，以便自己也被传唤的时候可以使用。

名师批注

“羊脂球”的表现再一次设置了悬念，让人产生了好奇心，激发了读者的阅读兴趣。

不过，十分钟以后，她回来了，脸上绯红，喘得连话都说不出，而且非常生气，她怒气冲冲地说道：“哈，混蛋！混蛋！”大家都急于要知道底细，不过她什么也不说。在伯爵再三盘问下，她才神情凝重地回答：“不成，那和各位没有关系，我不能说。”

于是大家围着一个高大的汤罐坐下了，其中有一阵卷心菜的香味散发出来。他们固然受了惊慌，不过这顿晚餐是让人快乐的。苹果酒的味道不错，由于省钱，鸟老板夫妇和两个嬷嬷都喝着它。戈尔弩兑叫的则是啤酒，其他人叫的都是葡萄酒。他有一套特别的方法去开酒瓶，让酒吐出泡沫。他偏着杯子去细看，接着就举在眼睛和灯光的中间去鉴赏它的色泽。在他喝的时候，他那一丛大胡子本来保存了这种他心爱的饮料的色彩，现在竟像是因为受到爱抚而颤抖起来；他斜着眼睛盯着他的杯子，仿佛这样就尽到了他今生今世的唯一职责。他毕生只有两个爱好，一个是浅颜色啤酒，另一个是革命。他心里想让这两个爱好彼此接近，并且能够彼此交融如同水乳似的，所以他确实不能尝着这一个的滋味而不念及另一个。

伏郎卫先生与他老婆都坐在桌子的另一头吃东西，男的呢，喘得像是一个坏了的火车头，他的肺部呼出吸进的气太多，以至于无法在吃饭的时候聊天；不过他的老婆永远是叽叽呱呱的。她讲起普鲁士人初到时给她的种种印象，他们做过的事，他们说过的话，她咒骂他们，首先因为他们害得她花了钱，其次因为她有两个儿子从军去了。她尤其爱和伯爵夫人交谈，因为和一个有地位的夫人谈话对她来说是受到了宠遇。

名师批注

这段平淡无奇的文字却饱含作者犀利的嘲讽，将人性中的阴暗面毫不留情地揭露出来。

随后，她压低声音来说那些微妙的事了，她丈夫不时阻止她："你别开口总好一些，伏郎卫夫人。"不过她决不买账，仍旧继续说下去：

"对啊，夫人，这些人就会吃马铃薯和猪肉，吃来吃去就是马铃薯和猪肉。您别以为他们干净，不，他们才不干净呢。说句不客气的话，他们四处随意大小便。他们整天都在那边的一块空地上操练：向前进，向后退，向这边转，向那边转。干什么不好呢，至少在自己国家种种地也好嘛，或者去修修路吧！可他们偏不干，夫人，这些军人对谁都没有益处。是不是应当由可怜的百姓养活他们，使他们只去学着

屠杀！——我自己不过是一个没有受过教育的老妇人，可是我看见他们从早到晚费尽气力在地面上踏过去又踏过来，就暗自说道：‘世上正有好些人为了有益于人发明了那么多好东西，另外好些人却费着这么大的气力来使自己可以害人！真的，难道杀人不是一件令人憎恶的事？无论是普鲁士人、英国人、波兰人，还是法国人。’——倘若有人在一个害过他的人身上寻报复，那是错的，因为法律惩罚寻报复的人；不过到了有人把我们的孩子当成野味一般开枪去围剿的时候，既然有人把勋章赏给那些最会摧毁我们孩子的人，所以那是对的，这又怎么说呢？——不成，您看这是怎么回事，我简直弄不懂！”

戈尔弩兑提高嗓门说道：

“在侵略一个爱和平的邻国的时候，打仗是一种野蛮行为；在保卫祖国的时候，那是一种神圣义务。”

名师批注

戈尔弩兑的高谈阔论令人激动，但当“羊脂球”被敌人传唤时，他没有任何反应，字里行间充满了讽刺意味。

老妇人低着头说：

“对呀，保卫祖国那是另外一件事，不过人难道不应当杀绝那些用打仗来寻乐的帝王吗？”

戈尔弩兑的眼光如同着了火一样。

“好极了，女公民！”他说。

迦来·辣马东先生深沉地思索起来。他虽然非常崇拜那些赫赫有名的战将，但这个乡下老妇人所讲的话引起了他的思考：这么多人手竟闲置不用，自然就是坐吃山空的，若是用这些人手在一个国家做事，可以造成何等繁荣。

这时，鸟老板离开座位，走到旅馆掌柜身边，用很低的声音和他谈话。那胖子笑着、咳嗽着、吐着痰，他的大肚子因为身边那个人的诙谐而快乐得一起一伏，后来掌柜向鸟老板买进了一些红葡萄酒，说好到明年春天普鲁士人走了以后收货。

晚餐刚吃完，大家都乏得不成样子，去休息了。然而鸟老板早已看到了许多事，他让妻子上了床，自己却走到门口，时而把眼睛对着锁孔向外望，时而贴着耳朵向外听，这样轮番地做个不停，而目的就是要发现他所谓“过道里的秘密”。

过了一个钟头左右，他听见一阵窸窸窣窣的声音，于是赶忙去望，终于望见了“羊脂球”，她披着一件滚着白花边的蓝色山羊毛织品的睡袍，他觉得她比白天更丰满一点。她手里端着一支烛台，向过道尽头那间标着很大号码的屋子走去。这时，旁边又有一扇门也轻轻地开了，过了几分钟，待“羊脂球”回来时，穿着背带裤的戈尔努兑跟在她的身后。他们正低声交谈着，随后又都停着不动。“羊脂球”仿佛毅然决然把守了自己的房门。鸟老板听不见他们在说些什么，后来，他们提高了嗓门，他才听见了几句。戈尔努兑用激烈的态度坚持己见，他说：“我们瞧吧，您真没有想通，这于您算个什么？”

她像是生气了，回答道：

“不成，好朋友，这些事情有时候是不能做的；并且，在这儿，那是件丢人的事。”

戈尔努兑显然没有听懂这话的意思，还问为什么。这一下“羊脂球”更生气了，她提高了音调：

“为什么？您不懂得为什么？这时候，有好些普鲁士人在旅馆里，也许就在隔壁房间里，你不懂吗？”

名师批注

“羊脂球”虽然是地位卑微的妓女，但她的民族自尊心比所谓的爱国者戈尔努兑要强烈得多。

他不说话了。她是不肯在敌人旁边受人爱抚的，想必这种爱国主义的廉耻心唤起了他那已经微弱的自尊心。后来他仅仅拥抱了她一下，就蹑着脚回到自己的房间里去。

鸟老板浑身都是火，他离开了锁孔，在屋子里赶忙轻轻地一跳，戴上了棉布睡帽，掀开了那床盖着他配偶的身躯的被子，用一个拥抱弄醒了她，悄声对她说：“你可爱我，宝贝儿？”

这时候，整个旅馆寂静无声。不过一会儿之后，在一个难以确定的方位，可能是在地下室，也许是在阁楼，又响起一阵单调有力、节奏均匀的打鼾的声音。这是一种低沉的持续的声音，还带着汽锅在蒸汽压力下颤抖的那种嘶鸣。这是伏郎卫先生在酣睡。

旅客们本来决定第二天早晨八点起程，所以都看准钟点在厨房集合，不过车子呢，顶棚上满是积雪，孤零零地停立在天井当中，没有马，也没有车夫。有人枉费气力去找车夫了，无论在马房里、草料房里，还是在车房里都找不着。于是所有的男人都决定到镇上去走一趟，他们出门了。走到了镇上的广场，看见礼拜堂正在广场的尽头，而两旁是许多矮房子，其中有好些普鲁士士兵。他们看见的第一个士兵正在削马铃薯皮，稍过去一点，一个士兵正在一间理发店里洗刷着，另外一个长着络腮胡子的士兵，正抱着一个哭哭啼啼的小孩，把他放在自己的膝上轻轻摇动，哄他不哭。好些胖乡下妇人，她们的丈夫都是属于作战部队的，她们用手势指点那些顺从的战胜者去做他们应当做的工作，譬如劈柴、给面包浇汤和磨咖啡之类；有一个士兵甚至在替他的女房东——一个衰弱不堪的老祖母洗衣衫。

名师批注

车夫没有按计划出现，旅客们的行程遭遇阻断，这推动了故事情节的发展。

伯爵诧异了，看见一个礼拜堂小职员正从堂长的住宅里出来，就向他探听。那个靠礼拜堂吃饭的职员回答道："噢！那些人并不凶恶；据说，那不是普鲁士人，而是从更偏远的地方来的，我不知道那是什么地方，他们也都把老婆孩子留在自己的家乡，他们并不觉得打仗好耍，还用多说！我很相信在他们那边很有人为着男的哭哪，而且正和在我们国家一样，打仗也会在他们国家造成一种困苦。我们这里还算好，眼下还不算太苦，因为他们都不做坏事，而且像在他们自己的家里一样做工。您可看见，先生，穷人之间真应当互相帮助……因为要打仗的都是大人物哇。"

这种在战胜者和战败者之间建立的真挚团结的关系使得戈尔弩兑生气了，他宁愿回到旅馆里闷坐，所以就抽身走了。鸟老板说了一句取笑的话："他们正在繁殖人口。"迦来·辣马东说了一句庄重的话："他们正在补救。"可是他

名师批注

通过各人对同一场景的不同反应，加深了对人物形象的刻画。

们还是找不到车夫，最后才发现他在镇上的咖啡馆里，正和普鲁士军官的勤务兵像弟兄一样同坐在一张桌子上。伯爵向他质问道：

“不是吩咐您八点钟套车？”

“不错，不过我又接到了另外一种吩咐。”

“哪一种吩咐？”

“不用套车。”

“这是谁吩咐您的？”

“老天！普鲁士营长。”

“为什么？”

“这我就不知道了，请您去问他吧。他们禁止我套车，我呢，就不套。事情就是这样。”

名师批注：通过对话描写，交代了不让旅客们上路的正是普鲁士营长，其中的原因前文已经隐约告诉了读者。

“可是他本人对您说的？”

“不是，先生，这是旅馆掌柜照他的话吩咐的。”

“什么时候？”

“昨天夜晚我正要睡的时候。”

三个人很担忧地回来了。

他们去找伏郎卫先生，不过女仆的答复是先生因为有气喘病从来不在十点钟以前起床，并且他明确禁止旁人在十点钟以前唤醒他，除非是着火了。

他们想去看普鲁士军官，不过那是绝对办不到的，虽然他本来就住在这旅馆里。为了民间的事，他只允许伏郎卫先生同他说话。这样一来，他们只好候着。女客回到各自的房间去，忙着做些琐碎的事。

戈尔努兑在厨房里那座生着火的高大壁炉前面坐下了。他教人从旅馆的咖啡座内搬来一张小桌子，要了一罐啤酒，随后他抽着他的烟斗，那东西在民主界中是几乎和他本人享受同等的尊敬的，仿佛它为戈尔努兑服务就是为祖国服务一般。那是一支熏得很透的海泡石烟斗，像它主人的牙齿一样黑，不过是香喷喷的、弯弯的、有光彩的，和他的手很亲密，并且使得他的仪表更加神气。最后，他陷入沉思中，眼睛有时候盯着壁炉里的火，有时候盯着那层盖在他酒杯上的泡沫；他每喝一口，就吸着那些粘在胡须上的泡沫，同时得意地用瘦长的手指去搔自己那些油腻的长头发。

鸟老板借口要活动活动腿脚，跑去向镇上卖酒的小商人推销自己的葡萄酒。伯爵和厂长开始谈着政治，他们预测法国的前途。一个看好奥尔雷阳党，另一个却相信一个陌生的救国者，一个在人们彻底失望的时候就会出现的英雄：一个改克阑，一个姉茵·达克吧，也许？或者另外一个拿破仑一世吧？哈！倘若皇子不是这样年轻该有多好！戈尔笯兑一边静听这类的话，一边用懂得命运之说者的样子微笑。他的烟斗使得厨房变得有味道了。

过了十点钟，伏郎卫先生出来了。很快就有人询问他，不过他只能一个字不改地把这样的话说了两三遍："军官对我说：'伏郎卫先生，您要禁止明天有人替那些旅客套车。我不愿意他们没有我的吩咐就动身走。现在您听见了。这就够了。'"

于是，大家要求见普鲁士军官。伯爵教人把自己的名片送给他，迦来·辣马东把自己的姓名和一切头衔都添在伯爵的名片上。普鲁士军官差人回话，说他允许这两位先生来和他说话，不过要等他吃过午饭，也就是说在下午一点钟的时候。女旅客都出来了，大家尽管心绪不安却多少吃了一点。"羊脂球"仿佛生了病似的。

大家喝完咖啡之后，普鲁士军官的勤务兵来找那两位先生。

鸟老板也和这两位一起去，为了壮大声势，他们又打算拉戈尔笯兑一起过去，不过戈尔笯兑高傲地声言自己从不愿和日耳曼人发生任何关系。说罢，他又叫了一罐啤酒，又回到壁炉前坐下。

三个男人都上楼了，被人引到了旅馆那间最讲究的屋子里，那正是军官接见他们的地方。军官躺在一张太师椅里，

知识链接

皇子：拿破仑三世的独子，在普法战争时代，他尚未成年。

名师批注

通过几处典型的细节描写，生动刻画了普鲁士军官庸俗、傲慢的形象。

双脚高高地翘在壁炉上，嘴里吸着一支长烟斗，身上裹着一件颜色耀眼的睡衣，那睡衣大概是从什么庸俗的有产阶级放弃了的住宅里偷来的。他不站起来，不和他们打招呼，也不望向他们，这副神态实可谓军事占领者骄横无理、不可一世的活样本。

过了半晌，他终于用日耳曼人的口音说着法语问道：

“你们要干什么？”

“我们想要动身，先生。”伯爵发言了。

“不成。”

“我是否可以知道拒绝的理由？”

“因为我不愿意。”

“先生，我恭恭敬敬请您查下您的总司令发给我们的护照，那上面是允许我们动身到吉艾卜去的；我想不起我们做了点什么事情要受您的严格处置。”

“我不愿意……没有旁的……你们可以下楼去。”

三个人鞠了躬就退出来了。

午后的情况是凄惨的。这个日耳曼人的坏脾气，谁也不懂，每个人都在绞尽脑汁，甚至产生了非常离奇的想法。大家都坐在厨房里，想出好些虚构的事并争论不休。他也许要留住他们做人质，不过目的何在？或者拘留他们当俘虏吧？或者多半还是问他们要一笔可观的赎票费吧？想到这一层，一阵惊慌教他们发狂了。那些最有钱的都是最害怕的，他们似乎已经看见自己受到逼迫，把那些钱交到这个倨傲者的两只手里，以赎回自己的生命。于是他们挖空心思去寻觅种种合乎情理的谎言，去隐蔽他们的财富，去把自己装得贫穷，装得很贫穷。鸟老板拿下自己那条金表链藏在衣袋里。夜色增加了种种恐慌。灯点好了，离吃晚饭还有两个小时，鸟夫人提议拿纸牌斗一局“三十一点”。那可是一种散心的事。大家都同意了。戈尔努兑也来参加，出于礼貌，他弄熄了他的烟斗。

伯爵来分牌，“羊脂球”举手就拿着了三十一点；不久，牌局的兴味压低了种种分心的畏惧。不过戈尔搿兑发现了鸟老板两口子结合着行使欺骗。

名师批注

通过侧面描写，刻画了鸟老板夫妇的市井小人形象。

正要吃饭的时候，伏郎卫先生又露面了，他用那种带着痰响的嗓音高声说道：“普鲁士军官要人来问艾丽萨贝特·鲁西小姐是不是还没有改变她的主意。”

“羊脂球”站着不动，脸色煞白，继而又突然涨红，她因为盛怒而呼吸急促，教她失去了说话的能力。过了一会儿，她才嚷着说：“您可以告诉这个普鲁士下流东西、这个脏东西、这个死尸，说我永远不愿意，您听清楚，我永远不、永远不、永远不。”

胖掌柜出去了。大家都围了上来，纷纷询问“羊脂球”是怎么回事，求她说出普鲁士军官请她谈话的秘密。她开始是拒绝说的，但她怒气难平，叫唤道：“他要的？他要的？他要的是和我睡觉！”谁也不觉得这句话刺耳，因为大家都怒发冲冠。戈尔搿兑猛烈地把酒杯向桌上一摔竟打破了它。那是大声斥责这个卑劣小人的一种怒火，仿佛那无耻小人逼迫“羊脂球”献身就如同逼迫他们每一个人献身一般。伯爵用厌弃的态度声言这个家伙的品行简直像古代的野蛮人。那些妇人都对“羊脂球”显示出一种强烈的怜惜。两个嬷嬷只在吃饭的时候才出来，这时都低着头，一声不吭。

名师批注

“羊脂球”的激动语言揭晓了悬念，小说情节走向高潮。

第一阵怒火平息了，大家还是照旧吃了晚饭，不过话说得不多，都在想心事。

妇人们早早回房了，男子们吸着雪茄，一面组织另外一种比较具有赌博性的牌局，并邀请了伏郎卫先生参加，他们想拐弯抹角问他用什么方法才能使这个普鲁士军官回心转意。但掌柜只注意自己的牌，什么话也不听，什么话也不回答，反而不断地重复说道：“留心牌哟，先生们，留心牌哟。”他的思虑紧张得连吐痰都忘了，使得痰在胸脯里不时装上了好些延音符。他的肺叶呼啸着，发得出气喘症的全部音阶。

伏郎卫的老婆困了，来叫他去睡，他竟然拒绝上楼去。于是她独自走了，因为她是“干早班的”，素来和太阳一同起身，而她丈夫却是“干晚班的”，素来准备和朋友们熬夜。他向老婆嚷了一声：“把我的蛋黄甜羹搁在火边。”接着又来斗牌了。大家看到无法从他那里打听到一点消息，就说牌局应当散了，都回房去睡了。

第三天，大家依然起得很早，心里始终抱着一种空泛的希望，想动身的欲望也更迫切，唯恐在这家令人厌恶的小旅馆再泡上一天。

糟糕！马全系在马房里，车夫始终杳无踪迹。由于无事可做，他们绕着马车转来转去。

午饭时的气氛是凄惨的，大家对“羊脂球”的态度变得冷淡了。因为深夜的宁静能让人考虑很多问题，大部分人已经略略改变了自己的看法。他们现在几乎怨恨这个“姑娘”了：她没有秘密地去找普鲁士军官，如果找了，就可以使同伴们一起床都得到一个意外的惊喜。哪儿还有更简单的？并且谁会知道？她只要对军官说自己是为了可怜的同伴们。对她来说，贞节本就无关紧要！

名师批注

这段文字揭示了其他几位旅客极端自私的心理，他们打心里瞧不起“羊脂球”，认为她根本不需要有自尊心。

不过谁也没有道出这类意思。

午后，大家都烦闷得要命，伯爵就提议到镇子的附近去走走。每一个人都细心地穿着打扮了一番，于是这个小团体就出发了，只有戈尔努兑例外，他宁愿待在火旁边。至于两个嬷嬷，她们白天都是在礼拜堂里或者堂长家里度过的。

寒气一天比一天重了，像针刺一样严酷地扎着鼻子和耳朵，人的脚每走一步就要疼一下，像是受刑罚。后来走到了镇外，田野简直是一片白茫茫的，在他们眼里是那么凄凉可怕，使他们从心里感到冰冷，因此大家很快转身往回走了。

名师批注

通过对环境和场景的描述，烘托出人物的内心活动，推动了情节的发展。

四个妇人走在前面，三个男人跟在后面，略略隔开了几步。

鸟老板是了解情况的，忽然问道那个卖笑女人是否想教他们在这样一种怪地方还待些日子。伯爵始终是文雅的，说旁人不能强迫一个妇人做出如此痛苦的牺牲，而只能出于她的自愿。迦来·辣马东先生指出，倘若法国军队像大家所怀疑的一样真从吉艾卜开过来反攻，那么决战地点只能在多忒。这种思虑使得另外两个人不安了。“倘若我们步行去逃难呢？”鸟老板说。伯爵耸着肩膀说：“在这样的大雪里，您想这样办？还带着我们的家眷？我们立刻就会被人追，不过十分钟就会被人当俘虏一般牵着交给那些当兵的摆布。”这话原是实情，谁也不发言了。

几位贵妇人谈着时装，不过好像有种拘束似的，使她们无法畅所欲言。

突然，普鲁士军官出现在街头。他在那种一望无际的积雪上面，映出身着军服的长个儿蜂腰的侧影，叉开双膝向前走，这种动作是军人们所独有的，他们极力防护那双仔细上了蜡的马靴，怕把它弄脏。

几位贵妇人从他身边走过的时候，他欠一欠身子，用一种轻蔑的神气望一望那几个男人，他们呢，都保持着尊严，没有脱下帽子，虽然鸟老板做了一个像是去揭帽子的手势。

名师批注

通过细节描写，进一步刻画了鸟老板的丑陋形象。

“羊脂球”连耳朵都是绯红的，那三个有夫之妇认为她们偏偏在同着“羊脂球”散步的时候遇见这个当兵的，因此都感到一阵大的屈辱。

于是，她们就谈那个军官，谈到他的姿势和面貌。迦来·辣马东夫人本认识很多军官，而且像个行家一样品评他们，她觉得这个军官不坏，甚至可惜他不是法国人，否则他可以做一个很漂亮的轻装骑兵军官，受到所有妇人的青睐。

回到旅馆里，大家都不知道怎么办。甚至于遇到一些细微的事也说些尖酸的话语。晚饭时，大家都沉默不语，很快就吃完了，每一个人都想利用睡觉去消磨时间，都上楼休息了。

第四天，人人都带着疲倦的脸色和焦躁的心情走下楼来。妇人们不大和“羊脂球”讲话了。

名师批注

“第四天”这一表示时间的关联词起到了承上启下的作用，使文章的叙事具有连贯性。

名师批注

“羊脂球”外出参加洗礼的情节，为后文故事的发展做铺垫，情节设置巧妙。

教堂的钟声敲响了，是要为一个孩子做洗礼。胖姑娘也有一个孩子寄养在伊勿朵的农人家里，她每年看不见他一回，并且从不记挂他；现在听说有一个孩子要受礼，她心里对自己的那一个孩子生出了强烈的思念之情，于是她坚决要去参观这一场仪式。

“羊脂球”一走，大家互相使着眼色，随后就把椅子搬拢来，因为大家都觉得非做出决定不可了。鸟老板灵机一动，想出一个办法来：他主张去向军官提议，只把“羊脂球”扣下来而让其余的人都走。伏郎卫先生又负着这种使命上楼了，不过他几乎立刻又下来了。那个军官深谙人的本性，把伏郎卫先生撵出了房门，声称在他的欲望没有满足的时候，就要始终留着这班旅客。

这样一来，鸟夫人的市井下流脾气爆发了：“然而我们不会老死在这儿。既然和一切的男人那么干，本是她的职业，这个贱货的职业，我认为她并没有权利来挑三拣四。我现在请教一下：在鲁昂她碰见谁就要谁，甚至连马车夫她也要！对呀，夫人，州长的马车夫！我认识他，他到我店里买酒喝。今天遇着要给我们解除困难时，她倒要撒娇，这个拖着鼻涕的家伙！我呢，认为他很懂规矩，这个军官。他也许好久不近女色了，我们三个无疑都更中他的意。但是他并不那么做，而满意于这个属于大家公有的女人。他敬重有夫之妇。您揣想一下吧，他是主人翁。只需开口说一声‘我要’，就可以让他的部下仗着蛮劲来抓我们。”

其余两个妇人都轻轻地打了一个寒战。漂亮的迦来·辣马东夫人的眼睛发光了，她的脸色有点苍白，如同觉得自己已经被军官用蛮劲抓住了。

名师批注

通过细节描写，揭示了伯爵道貌岸然的虚伪本性，他貌似体面的外表下，隐藏着和鸟老板一样肮脏的内心。

男人们本来都在另一旁说话，现在都走过来了，气愤的鸟老板想把“这个贱东西”的手脚缚起来送给别人。不过伯爵出身于三代都做过大使的家庭并且具有外交家的风度，主张用巧妙手腕，他说：“应当让她自己决定。”

于是，他们进行了一番密谋。

妇人们交头接耳，大家议论纷纷，每一个人都发表了自己的见解，不过话都说得很得体，尤其是为了说出最淫秽下流的事情，这些贵妇人都找了一些委婉曲折的词语和种种巧妙的动人口吻。她们的话太难以捉摸了，一个局外人一点也听不懂。不过那层给上流妇人做掩护的薄薄的廉耻之感只蒙着表面，所以她们在这种放纵的冒险之中都是心花怒放的，都是实在快活得发痴的，都觉得正对她们的心思，把爱情和肉欲混在一块儿，好像一个馋嘴的厨子正给另一个人烹调肉汤一样。

后来，大家觉得这件事本来很滑稽可笑，不由得越谈越放肆。伯爵说出一些近乎淫猥的笑话，但讲得那么巧妙，使人听了发出会心的微笑。轮到鸟老板，他发挥了三五段比较生硬的猥亵之谈，大家都不觉得刺耳；后来他妻子发表的意见得到了全体的认可，她说："既然那是这个姑娘的职业，为什么她可以拒绝这一个而不拒绝另一个？"和蔼的迦来·辣马东夫人仿佛想起自己若是处于"羊脂球"的地位，那么她不会拒绝这个军官。

他们如同要攻克一座被围困的堡垒一样，讨论了很长时间。每一个人都接受了自己将要扮演的角色，都接受了自己将要倚仗的论据，都接受了自己将要采取的手段。他们部署了进攻的步骤，采用种种阴谋，去强迫这座有生命的堡垒在固有的阵地接待敌人。

名师批注

这段文字运用比喻的修辞手法，揭露了其他旅客为了自身利益而打算逼迫"羊脂球"放弃自尊、屈从普鲁士军官的虚伪本质。

然而戈尔弩兑是待在一旁的，完全和这一次的事件无关。他们谈得如此专心，以至于没有人听见"羊脂球"正走进来。伯爵轻轻地嘘了一声，所有人的眼睛都重新抬起了。她到跟前了，人们都突然不再发言，开头有些尴尬，不知和她说什么好。伯爵夫人比其余的妇人更能随机应变，她向"羊脂球"问道："可有趣味，那一场洗礼？"

胖姑娘依然是怀着感慨的，她从头到尾说了一遍，到场的人的面貌和姿态以及教堂的外貌。她接着又说："有时候，祷告很有益处。"

一直到吃午饭为止，那些贵妇人都高高兴兴地对她显出和蔼的神情，目的是先取得她的信任，以使得她过会儿能听进她们的劝告。

一坐上饭桌，围攻就开始了。开头是一阵有关于献身精神的泛泛议论。有人举出了好些古代的例子：茹狄德和何洛斐伦，随后没来由地又提到了吕克蕾偲和塞克斯都斯，以及克莱沃葩蒂使得敌军将领们成为她的裙下之臣以后全体都变成忠实的奴隶。随后，一段虚构的历史又在这几个不学无术的富翁的想象当中孵化出来了：罗马的女公民走到迦布埃城，教汉尼巴以及他的士兵都在她们的怀里酣睡。他们述及所有擒获了征服者的妇女们，说她们把自己的身体当作战场，当作一种征服的方法，当作一种武器，她们用种种英雄式的爱抚战胜了好些丑恶的或者可鄙的敌人，并且把自己的贞操牺牲于复仇和献身报国。

他们甚至于用遮遮掩掩的语句，谈起英国那个名门闺女使自己先去感染一种可怕的传染病再去传给拿破仑，当时由于拿破仑在这一致命的幽会时刻，突然感到虚弱无力，若有神助地躲过了。

所有这些典故都是用一种得体的方式叙述的，有时候还故意显得热情冲动，以激发"羊脂球"仿效前人的决心。

听来听去，你就会相信妇女们在人间的唯一任务，就是一种个人的永久牺牲，一种对于强横的武人不断委身的义务。

两个嬷嬷都像是什么也没有听见，完全陷入茫然的沉思当中，"羊脂球"没有说话。

名师批注

对于旁人的议论，"羊脂球"当然听得出来他们的用意和期望，她的沉默折射出内心的不平静。

整个下午，人们都听凭"羊脂球"去思索。不过本来一直称呼她为"夫人"，现在却简单地称呼她为"小姐"了，谁也说不清这是为什么，仿佛她从前在评价当中爬到了某种地位，现在呢，人们都想把她从那种地位拉下一级似的，使她明白自己的地位是卑贱的。

到了吃晚饭的时候，伏郎卫先生又出现了，口里重述着那句老话："普鲁士军官要人来问艾丽萨贝特·鲁西小姐是不是还没有改变她的主意。"

"羊脂球"干脆地回答："没有，先生。"

名师批注

这一句干脆利落的回答，表明"羊脂球"还坚守着自己的尊严，坚决不妥协。

不过在饭桌上，同盟解体了。鸟老板说了三五句使人不大注意的话。每一个人都搜肠刮肚，想找出新的例子，然而什么也找不着。这时候，伯爵夫人忽然感到要向教会表示一点敬意，于是对那个年龄较大的嬷嬷问起圣徒们生活中的伟大事迹。谁知有好多个圣徒做过的事，在我们看来都可以算是犯了重罪的行为；不过只要为了上帝的光荣或者为了人类的幸福，天主教会都会赦免这类罪恶。这是一种很有力的论据，伯爵夫人马上利用了。这样一来，年老的嬷嬷为他们的阴谋帮了一个大忙，那或者出于一种默契，一种任何披着道袍的人最拿手的暗献殷勤，或者出于一种巧合或一种助人为乐的劲头。以前，人们都以为她是胆怯的，现在，她却表现得甚为大胆，说起话来滔滔不绝，有时言辞还很极端。她没有被决疑论的暗中摸索搞糊涂，她的主义像铁一般坚硬，她的信念从不动摇，她的良心从未有过不安。她认为亚伯拉罕的牺牲很简单，因为她本人若是接到了上苍的命令，可以立刻去杀父母，并且在她的见解里，只要用意是好的，绝没有什么会惹天主不快。伯爵夫人利用她这个意料不到的、半路杀出来的同谋，想让她将"只要目的是好的，可以不择手段"这一道德准则做一番大有教益的阐述。

随后她问嬷嬷：

"嬷嬷，您认为只要动机纯洁，上帝就会允许世人采取各种方式，就会宽恕任何行为本身？"

"谁能够怀疑这一层，夫人？一个在自己认为可以谴责的行为，每每由于产生这一行为的念头是好的而变成值得称赞的。"

她俩就这样继续谈下去，讨论上帝的种种意志，预料他的种种决策，替他和好些真的不大和他有关的事拉上了关系。

这些话都是含蓄的、巧妙的、慎重的，不过这个戴着修女帽的圣女的每一句话，都在那个出卖风情的女人愤怒抗拒的防线上打开一个缺口。随后，谈话略略转换了方向，手挽念珠的女人谈到她修会里的那些修道院，谈到她的院长，谈到她本人，又谈到她那娇小的同伴汕尼塞傅尔嬷嬷。有人从哈佛尔找她们去看护各医院里的好几百个出天花的士兵。她描绘那些可怜的人，详细说明他们的病状。而这时候她们偏偏被这个普鲁士军官扣住不让走，所以有许多本来可以被她们救活的法国士兵可能正在死去！看护军人原是她本人的专长，她曾经到过克里米亚、意大利、奥地利，说起自己在那些地方的战场经历，她陡然一下表白自己是个听熟了战鼓和军号的修女，这类修女都像是为了在战役的旋涡当中收容伤员而生到世上的，若是说到用一句话去控制那些不守纪律的老兵，她胜过一个长官。她不愧为一个过惯了戎马生涯的随军修女，她那张满是小窟窿的破了相的脸儿反映了战争的种种破坏力。

名师批注

刚刚参加过洗礼的“羊脂球”，对于宗教显然还是充满虔诚之心的，所以在听了嬷嬷的游说之后，她的心理防线开始瓦解。

没有一个人接在她后面说一句话了，因为看上去她讲话的效果相当不错。饭一吃完，人们都很快地到楼上的房间去了，第五天早上直到颇晚的时候才下来。

名师批注

承上启下，保持叙事的连贯性。

午饭时，人们很安静。对于上一天播下的种子，大家都留着时间让它发芽和结果。

伯爵夫人提议午后去散步，于是伯爵按照商量好了的一样挽着“羊脂球”的胳膊，并且和她都落在其余那些人的后面走。

伯爵对她说话的语气是亲切的、有长辈意味的、略略带点轻蔑的，说话的腔调正是爱摆架子的人对姑娘们说话所用的，他叫她“我的好孩子”，用自己的社会地位低头和她谈判，用自己的名望和她谈判，他开门见山地提出问题：“所以，这样一种献殷勤的事情原是您在生活当中常常遇见的，而您现在不愿接受，反而宁愿让我们留在这儿，难道想教我们也像您一样，等普鲁士人吃了一次败仗后，遭受他们的凌辱？”

“羊脂球”一个字也不回答。

他用雍容的气概，心平气和地跟她讲道理，用情感去打动她。他知道如何保持“伯爵先生”的身份，一面在必要的时候又显得非常殷勤，恭维她，讨她的喜欢。他热烈地称赞她帮了大家的大忙，表示他们对她的感激，随后他突然快快活活用“你”字称呼对她说话：“你知道，我亲爱的，那个普鲁士人将来可以夸口说自己尝着了一个在他的国家里很难找到的漂亮姑娘的滋味。”

“羊脂球”没有回答，并且赶到了前面和大家一块儿走。

一回到旅馆，她就上楼到自己的房间里去，再也不出来。大家惴惴不安。她将要怎么做？倘若她要抵抗，多么糟糕！

吃晚饭的时间到了，大家等她却没有等到，后来伏郎卫先生进来报告鲁西小姐不太舒服，各位可以吃饭了。大家都像是感到了威胁。伯爵走到旅馆掌柜跟前用很低的声音问：“可是妥当了？”对方回答：“是的。”为了不失体统，他什么话也没有告诉旅伴们，只是简单地对他们点头示意。立刻，每个人从心底舒了一口长气，都笑逐颜开了。鸟老板嚷道：“大吉大利！倘若旅馆里找得出香槟，我来请大家喝。”等到掌柜带着四瓶香槟回来的时候，鸟夫人不由得心痛万分。这时，每个人都活蹦乱跳起来，又笑又闹，他们心里都洋溢着一种放荡的欢快。伯爵觉得迦来·辣马东夫人是娇媚的，厂长称赞伯爵夫人。谈话非常热烈，一个个妙语连珠，趣话不断。

鸟老板忽然神色张皇地举起两只胳膊高声叫唤道：“肃静！”人们都不说话了，吃惊了，几乎已经恐慌起来。只见鸟老板两眼望着天花板，侧着耳朵倾听楼上的动静，双手捂

名师批注

伯爵貌似得体的外交辞令下，掩藏着一颗自私虚伪的丑陋心灵。

名师批注

经过众人的轮番劝说，“羊脂球”的心理防线几近崩溃。

名师批注

阴谋终于得逞时，没有一个人为“羊脂球”的遭遇感到难过，而都为自己终于摆脱了困境而喜悦，再次揭露人性的丑陋一面。

在嘴上“嘘”了一声，接着又抬眼望着天花板，再侧耳倾听楼上的动静，然后才用正常的音调对大家说：“请各位放心，一切都顺利。”

大家开始还不明白是什么意思，但是很快就露出了会意的微笑。

过了一刻钟，鸟老板又做着相同的滑稽样子，而且后来重复了好几次，他装模作样质问楼上的一个人，同时给了他好些双关意味的劝告。有时候，他装出发愁的样子叹着气说：“可怜的女孩子。”或者摆出一副很生气的样子咬牙切齿道：“普鲁士光棍，滚吧！”有时候人们都不再去想这件事，他就用一道颤抖的声音接连好些次说道：“够了！够了！”接着，他如同自言自语似的说：“但愿我们还可以再见到她，所以指望这个无耻的家伙不要把她置于死地！”

这类玩笑虽然都是属于低级趣味的，但使人感到轻松而且不得罪谁，因为愤怒素来是受环境支配的，而在他们的周遭渐渐充满了淫荡的气氛。

吃饭后点心时，几个妇人相互间说了好些隐晦曲折的俏皮话。大家都喝了很多酒，一个个都眼睛发亮。伯爵本来保持着他那种大人物的沉着风仪，而且置身事外，现在他找着一个很使人玩味的比方，说这真像好些漂流在北冰洋的人遇着冬尽春回时找到一条向南走的路。

鸟老板兴高采烈，手里举着一杯香槟站起来：“我为了我们获得解放饮一杯！”全体都站起来了，都向他喝彩。那两个嬷嬷因为几位贵妇人的央求，都答应把嘴唇放在这种从来没有试过的冒着泡沫的酒里沾一下。她们高声说这酒很像柠檬汽水，然而它的味道比汽水好得多。

名师批注

“羊脂球”在楼上遭受敌人的凌辱，楼下的众人却没有丝毫的同情和愧疚，反而公然饮酒庆祝，人性的冷酷令人心寒。

鸟老板简单地提出了应景的意见。

“这儿没有钢琴真不痛快，否则可以弹一首四人对舞的曲子。”

戈尔努兑一直没有说一句话，没有做一个手势，并且像是沉浸在一些很严肃的思想里，偶尔用一个气愤得很的动作捋着自己的长胡子如同想再拉长一点似的。将近午夜，大家终于要散了。鸟老板正晃着身子摇摇摆摆，忽然拍着戈尔弩兑的肚子结结巴巴对他说："您并不开心，今天晚上，您什么也不说吗，公民？"不料戈尔弩兑突然抬起了头，用一阵亮得怕人的眼光向全体扫视了一周，他说："你们各位刚才都做了一件很可耻的事！"他说完站起来，走到门口又说一遍："一件很可耻的事！"然后扬长而去。

他的话像是对他们泼了一盆冷水，鸟老板吃了一惊，呆呆地站着，不过随后他恢复了镇定态度，突然弯着身子笑起来反复说道："他们都太大意了，老朋友，他们都太大意了。"人们都不懂他的意思，于是他叙述了"过道里的秘密"。众人一听，又哄堂大笑。那些贵妇人快活得如同痴婆子似的。伯爵和迦来·辣马东先生连眼泪都笑出来。他们简直不相信有这等事。

"怎样！您确有把握？他当初想……"

"我告诉各位那原是我亲眼看见的。"

"而她拒绝了……"

"因为普鲁士人就住在旁边的屋子里。"

"不可能吧？"

"我向您发誓。"

伯爵透不过气来。实业家用双手捧着肚子。鸟老板接着说道：

"各位明白了，所以今天晚上，他并不认为她是滑稽的，简直一点也不。"

名师批注

鸟老板将戈尔弩兑的愤怒解读为肉欲得不到满足的愤懑和嫉妒，侧面反映出他的无耻下流。

三个人又都笑起来，笑得好像发疯似的，笑得透不过气来。

大家笑完，尽兴而散。鸟夫人的性格是很尖酸刻薄的，夫妇俩刚刚躺下去的时候，她向丈夫指出迦来·辣马东太太整个晚上一直假笑："你得知道，娘儿们只要看上了穿制服的，不管那是法国人或者普鲁士人，在她们看来全是一样的。

这真够丢脸的，我主上帝！”

整整一夜，在黑暗的过道里，不断有一些轻微的动静，轻得难以察觉，像是一阵阵的呼吸声，一阵阵赤脚的触地声，一阵阵无从捉摸的摩擦声。人们显然都睡得很迟，因为有好些光线从各处屋子门底下的缝儿漏到了外面。这都是香槟的作用，据说，它是扰乱睡眠的。

第六天，太阳把积雪照得明亮耀眼。那辆终于套好了的长途马车在旅馆门外等着，一大群白鸽从它们厚而密的羽毛里伸着脑袋，亮出它们那种瞳孔乌黑的玫瑰色眼睛，稳重地在六匹马的脚底下散步，从马刚拉下的热气腾腾的粪便里寻觅它们的营养物。

马夫披上羊皮大衣，坐在座位上安闲地衔着烟斗，所有人全是喜笑颜开的，催促旅馆伙计包好下一段旅程中要吃的食物。

只等“羊脂球”一个人了。她终于出现了。

> 名师批注
>
> “羊脂球”对于自己屈从于侵略祖国的敌人感到羞耻，但其他人对她表现出一致的鄙夷和厌恶，更是让她寒心。

她像是有些心慌意乱，不好意思，后来她胆怯地向她的旅伴们走过来，旅伴们却不约而同地把身子偏向另一边，如同没有看见她似的。伯爵神色凛然地搀着他妻子的胳膊，使她远远地避开那种不干净的接触。

胖姑娘不禁愕然，停下脚步，随后鼓足了勇气走到厂长夫人的旁边，卑屈地轻轻道出一声：“早安，夫人。”对方只傲慢地点了点头，同时还瞪她一眼，仿佛自己的贞洁受到了玷污似的。大家好像很忙碌，而且离她远远的，仿佛她的裙子里带来了一种肮脏。随后人们都赶到了车子跟前，她一个人落在最后。她静悄悄地重新坐上了她前一段旅程坐的那个位子。

大家都像是看不见她，不认得她；鸟夫人远远地用怒眼望着她，同时低声对她丈夫说：“幸好我不同她坐在一条长凳上。”

> 名师批注
>
> 小说以旅行开始，又以旅行结束，首尾呼应。

那辆笨重的马车摇晃起来，旅行又开始了。

起初，谁都不说话。“羊脂球”不敢抬起头来。她对同车的人怀着愤慨，为自己的让步感到屈辱，由于这些人的假仁假义，她才被推进那个普鲁士军官的怀抱里备受凌辱。

不一会儿，伯爵夫人转过头来望着迦来·辣马东夫人，打破了那种令人难堪的沉寂。

“我想您认得艾忒来尔夫人，可对？”

“对呀，那是我女朋友当中的一个。”

“她多么娇媚哟！”

“真让人爱哟！是一个真正的出色人物，并且受过很好的教育，对艺术很在行，歌唱得教人忘了忧愁，画也画得尽善尽美。”

厂长和伯爵交谈着，在车门玻璃“哐啷哐啷”的撞击声中偶然飞出来一两个名词：“息票——付款期限——溢价——期货。”

鸟老板偷了旅馆里的一副旧纸牌，那是在那些揩得不干净的桌子上经过五六年的摩擦变得满是油腻的，现在他拿着这副牌和妻子在打牌。

两个嬷嬷在腰带上提起那串垂着的长念珠，一同在胸脯上画着十字，嘴唇便立刻迅速蠕动起来，渐渐愈动愈快，咕咕哝哝背着祈祷文，快得像是在进行比赛。她们还时不时吻一下圣牌，重新再画十字，再动口念着她们的模糊咒语。

戈尔努兑陷入沉思中，没有动弹。

马车行驶了三个小时，鸟老板收起了纸牌，他说道：“肚子饿了。”

名师批注

通过鸟老板的一句“肚子饿了”引出下文，上下文情节形成鲜明对比，深刻揭露人性的恶。

于是，他的妻子摸着了一个用绳子缚好的纸包，从中取出一块冷牛肉。她仔仔细细地把它切成一些齐整的薄片儿，两口子开始吃起来。

“我们也吃点东西吧。”伯爵夫人说。大家欣然同意，于是她打开了为两家共同准备的食品包。那是装在一个钵子里的，钵子的盖上有一只陶瓷兔子，表示那盖着的是一份野兔胶冻——一份美味的冷食，棕色的兔肉里还夹着剁得很碎的其他肉末。食品包里还有一块用报纸裹着的漂亮的乳酪干。

两个嬷嬷取出一段滚圆的香肠，那东西的蒜味儿很重，戈尔弩兑把两只手同时插进披风的两个大口袋里，从一个口袋里取出四个煮熟的鸡蛋，从另一个口袋里取出一块面包。他剥去了蛋壳，扔到脚底下的麦秸当中，就这样拿着蛋吃，使得好些蛋黄碎屑落在他那一大簇长胡子当中，像是一颗颗星星似的挂着。

"羊脂球"今早起床匆匆忙忙，什么也没有准备，她望着这些平平静静吃东西的人，不禁怒火中烧，几乎喘不上气来。一阵骚动的暴怒使得她肌肉痉挛，她想去斥责他们的行为，但愤怒扼住了她的嗓子，她说不出话来。

没有人看她一眼，没有人惦记她。她觉得自己被这些顾爱名誉的混账东西的轻视淹没了，当初，他们牺牲了她，之后又把她当作一件肮脏的废物扔掉。于是她想起她那个装满美味的提篮，那里面本来盛着两只胶冻鲜明的鸡、好些点心、好些梨子和四瓶波尔多的名产红葡萄酒，这些东西被他们一扫而光了。最后，她的愤慨如同一根过度紧张的琴弦断了似的忽然平息了，她觉得自己快要哭了。她使出了惊人的努力，镇定了自己，如同孩子一般吞住自己的呜咽，但是眼泪流出来了，润湿了她的眼睑边缘，不久两大滴泪珠从眼睛里往外流，慢慢地从颊部往下落，好些流得更迅速一些的眼泪又跟着来了，像一滴滴从岩石当中滤出的水，有规则地落到她胸脯突出部分的曲线上。她直挺挺地坐着，两眼发直，脸色是严肃而且苍白的，只希望别人不要看她。可是，伯爵夫人偏偏瞧出来了，用一个手势通知了丈夫。他耸着肩膀仿佛说："您要怎么办，这不是我的过错。"鸟夫人得胜似的冷笑了一声，接着就低声说："她感到羞耻，所以哭了。"

名师批注

通过对"羊脂球"哭泣的细致刻画，表现了她愤怒委屈，又竭力想要维持自尊的复杂心情。

两个嬷嬷把剩下的香肠用一张纸卷好了以后，又开始祷告了。

戈尔弩兑正等着那四个鸡蛋在胃里消化，他把两条长腿伸到对面的长凳底下，仰着身子，叉着胳膊，如同一个人刚刚找着一件很滑稽的玩意儿似的微微一笑，末了他开始用口哨吹起了《马赛曲》。

所有人的脸色都变得暗淡了。这首人民的军歌显然使得同车的人很不开心。他们都变成神经质的了，受到刺激了，并且如同猎犬听见了手摇风琴一般都像是快要狂吠了。戈尔努兑看出了这种情况，他的口哨就吹个不停。甚至于有时候，他还轻轻地哼出几句歌词来：

名师批注

运用比喻的修辞手法，表现了这些人对戈尔努兑唱爱国歌曲的愤怒。他们依靠"羊脂球"委身普鲁士军官从而得以自保，听到表达爱国精神的《马赛曲》，心里必然会不舒服。

至情，爱国的神圣的至情，
你来领导支持我们的复仇之手，
自由，我们十分宝贵的自由，
你带着你的保卫者来战斗！

路上的雪冻得比较坚硬，马车也行驶得比较快了，在抵达吉艾卜以前，这些太太们先生们饱受颠簸之苦，挨过了一段漫长难熬的时间。在夜色苍茫、车厢内一团漆黑的时候，戈尔努兑始终用一种不屈不挠的态度吹着他这种复仇意味的单调口哨，强迫那些疲倦而且生气的人从头到尾地倾听他的歌声，并且随着每一个节拍，记起相应的歌词。

"羊脂球"的哭泣声，在两段歌词的间歇中间，在黑暗世界里传出来。（有删改）

名师点拨

"羊脂球"这一人物形象的塑造是在与那些"上等人"的强烈对比中完成的。"羊脂球"和"上等人"前后两次对待旅伴饥饿时天壤之别的态度，以及对待普鲁士士兵无耻要求的截然不同的态度，突出了"下层人民"的爱国精神和高尚品质，同时揭示出法国在普法战争中丧权辱国的基本原因："上等人"的卑鄙自私和屈膝妥协。

好词多积累

破烂不堪　高谈阔论　自吹自擂　万念俱灰　骇人听闻　进退两难
为所欲为　连绵不断　和颜悦色　一尘不染　顽梗不化　心悦诚服
胡作非为　怒气冲天　毅然决然　如狼似虎

佳句任你评

★河底的污泥掩盖了这类暧昧不明的野蛮而合法的报复,隐名的英雄行为,无声的袭击,这些远比白天的战斗可怕。

对入侵者的憎恶,素来能够教三五个胆大的人格外坚强起来,使他们为了一个信念而不顾性命。

★车子走得很慢,简直全是小步儿。轮子隐到了雪里;整个车厢轧轧地呻吟着,拉车的马老是打滑,气喘吁吁,全身冒热气。车夫手里那根长鞭子不住地噼噼啪啪响着,向各方飞扬,陡然鞭着一匹马撅起的臀部,马受到狠狠的一击,便紧张地奔跑起来。

大家来思考

试着复述一下,为了使“羊脂球”答应陪普鲁士军官过夜,马车上的其他人想出了哪些办法?

米龙老爹

名师带你读

普法战争期间，米龙老爹的父亲和儿子被普鲁士士兵杀死了，因此他要杀十六个士兵为他们报仇。他先想办法杀死一个士兵后，穿着那个死兵的军服，装作重伤的样子拦截过路的落单的骑兵，最后他能报仇成功吗？

一个月以来，烈日把它灼人的火焰喷向田野。火雨下的大地生机勃勃，绿油油的田野一望无际，蔚蓝的天空一直和地平线相接。那些在平原上四处散布的诺曼底省的田庄，在远处看来像是一些围在细而长的山毛榉树的圈子里的小树林。

然而走到跟前，等到有人打开了天井边的那扇被虫蛀坏的栅栏门，却自信是看见了一个广阔无边的花园，因为所有那些像农夫的躯体一样瘦骨嶙峋的古老苹果树都正开着花。乌黑的老树干在天井里排列成行，在天空之下展开它们那些红白相间的光彩照人的圆顶。花的香气和敞开的马房里的浓厚气味，以及肥料堆发酵后冒出的热气混合在一块儿。肥料堆上歇满了成群的母鸡。

中午时分。这一家人正在门前的梨树下面吃午饭，他们是父亲、母亲、四个孩子、两个女长工和三个男长工。他们几乎没有说话。他们吃着菜羹，随后揭开了那盘作荤菜的马铃薯煨咸肉。

一个女长工不时立起身来，走到储藏食物的房里，去斟满那只盛苹果酒的大罐子。

男主人是个年约四十的强健汉子，正端详他房屋边的一棵赤裸裸的没有结果实的葡萄树，它曲折得像一条蛇，在屋檐下面沿着墙伸展。

末了他说："老爹种的这棵葡萄树今年发芽的时候并不迟，也许可以结果子了。"

妇人也回过头来端详，却一个字也不说。

那棵葡萄树正种在老爹从前被人枪杀的地方。

那是 1870 年打仗时候的事。普鲁士人占领了整个诺曼底地区。法国的裴兑尔白将军正领着北军和他们抵抗。

普鲁士军队的参谋部正驻扎在这个田庄上。庄主是个年老的农民，名叫彼德，人们称他米龙老爹。他竭力款待他们，安置他们。

一个月来，普鲁士军队的先头部队留在这个村落里做侦察工作。法军却在相距十法里以外的地方静伏不动；然而每天夜晚，普鲁士军队总有好些骑兵失踪。

凡是那些单独派到附近各处去巡逻的人，以及有两三个人一组的，从没有回来过。

到早上，有人在一块地里，一个天井旁边，一条壕沟里，寻着了他们的尸首。他们的马也倒在大路上，喉咙已被刀割断。

这类的暗杀举动，仿佛是被一些同样的人干的，然而普鲁士士兵没有法子破案。

地方上的人感到恐怖了。许多乡下人，每每因为一个简单的告发就被普鲁士士兵枪决了，妇女们也被他们拘禁起来了，他们原来想用恐吓手段从儿童们嘴里得到线索，结果却什么也没有发现。但是某一天早上，他们瞧见了米龙老爹躺在自己马房里，脸上有一道刀伤。

两个被刺穿了肚子的普鲁士骑兵在距离庄子三千米的地方被人寻着了。其中的一个，手里还握着他那把血迹模糊的马刀。可见他曾经格斗过、自卫过。

一场军事审判立刻在这庄子前面的露天里开庭了，那老头子被人带过来了。

他的年龄是六十八岁。身材矮瘦，脊梁是略带弯曲的，两只大手简直像一对蟹螯。一头稀疏得像是乳鸭羽绒样的乱发，头皮随处可见。项颈上枯黄而起皱的皮肤上露出好些粗的青筋，一直延到腮骨边失踪，却又在鬓角边出现。在本地，他是一个以难于妥协和吝啬出名的人。

他们教他站在一张由厨房搬到外面的小桌子跟前，前后左右有四个普鲁士士兵看守。五个军官和团长坐在他的对面。

团长用法国话发言了：

“米龙老爹，自从到了这里以后，我们对于您，除了夸奖以外真没有一句闲话。在我们看来，您对于我们始终是殷勤的，并且甚至可以说是很关心的。但是您今日有一件很可怕的事被人告发了，自然非问个明白不可。您脸上带的那道伤是怎样来的呢？”

那个乡下人一个字也不回答。

团长接着又说：

“您现在不说话，这就定了您的罪，米龙老爹，但是我要您回答我，您听见没有？您知道今天早上在伽尔卫尔附近寻着的那两个骑兵是谁杀的吗？”

那老翁干脆地答道：

“是我。”

团长吃了一惊，缄默了一会儿，双眼盯着这个被逮捕的人。米龙老爹用他那种乡下人发呆的神气安闲自在地待着，双眼低垂，如同向他那个教区的神父说话似的。唯一可以看出他心里慌张的，就是他在那儿不断地咽口水，如同喉管完全被人扼住了一般。

这老翁的一家人：儿子约翰、儿媳妇和两个孙子，都惊慌失措地立在他后面十步远的地方。

团长接着又说：

“您可知道这一个月来，每天早上，我们部队里那些被人在田里寻着的侦察兵是被谁杀了的吗？”

老翁用同样的安闲自在的态度回答：

“是我。”

“全都是您杀的吗？”

“全都是，对呀，都是我。”

“您一个人？”

“我一个人。”

“您是怎样动手干的，告诉我吧。”

这一回，那汉子现出了心焦的样子，因为事情非得多说话不可，这显然使他为难。他含糊不清地说：

“我现在哪儿还知道？我该怎么干就怎么干。”

团长接着说：

“我通知您，您非全盘告诉我们不可。您最好立刻就打定主意。您从前怎样开始的呢？”

那汉子不放心地向着他那些立在后面正在倾听的家属瞧了一眼，又迟疑了一会儿，后来突然打定了主意：

“我记得那是某一天夜晚，你们到这里来的第二天夜晚，也许在十点钟左右。您和您的弟兄们拿走我二百五十多个金法郎的草料和一头牛、两只羊。我当时想道：他们就是接连再来拿我一百个，我一样要向他们讨回来。并且那时候我心里还有别样的想法，等会儿我再对您说。我望见了你们有一个骑兵坐在我的谷仓后面的壕沟边抽烟斗。我取下我的镰刀，蹑着脚从后面走过去，使他听不见一点声音。蓦地一下，只有一下，我就如同割下一把小麦似的割下了他的脑袋，他当时连说一下‘喔’的工夫都没有。您只需在水塘里去寻：您就会发现他和一块顶住栅栏门的石头一起装在一个装煤的袋子里。

“我那时就有了我的打算。我扒下他全身的服装，从头上的帽子到脚上的长筒靴全扒下来，并把它们藏在那个马丁家的树林里的石灰窑里。”

那老翁不讲了。那些感到惊惶的军官面面相觑了。后来讯问又开始了，下文就是他们所得的口供：

那汉子这次谋杀敌兵得手后，心里就存着这个观念：“杀些普鲁士人吧！”他像一个热忱爱国而又智勇兼备的农人一样憎恨他们。正如他说的一样，他是有他的打算的。他等了几天。

普鲁士士兵听凭他自由来去，因为他对战胜者表现得那么谦恭驯服、殷勤周到，并且由于和普鲁士士兵常有往来，他学会了几句必要的德国话。现在，他每天傍晚总看见有些传令兵出发，他听明白那些骑兵要去的村落名称以后，就在某一个夜晚出门了。

他从他的天井里走出来，溜到树林里，进了石灰窑，再钻到窑里那条长地道的末端，最后在地上寻着了那个死兵的服装，就把自己穿戴好。

后来他在田里徘徊一阵，为了免得被人发觉，他沿着那些陡坡爬着走，他听见极小的声响，就像一个偷着打猎的人一样紧张不安。

到他认为时间已经差不多的时候，便向着大路前进，然后躲在矮树丛里。他依然等着。末了，在午夜时分，一阵马蹄的声音在坚硬的泥土路面上响起来了。为了判断前面来的是否只有一个骑兵，这汉子先把耳朵贴在地上，随后他就准备起来。

骑兵带着一些紧要文件驱马疾驰而来。那汉子走过去，等到相隔不过十来步，米龙老爹就横在大路上像受了伤似的爬着走，一面用德国话喊着：“救命呀！救命呀！”骑兵勒住了马，认清那是一个失了坐骑的德国兵，以为他是受了伤的，于是滚鞍下马，毫不疑虑地走近前来，他刚刚俯着身躯去看这个素不相识的人，却被米龙老爹的马刀戳进腹部。他倒下来了，立刻死了，最后仅仅颤抖着挣扎了几下。

于是这个诺曼底人感到一种老农式的无声快乐因而心花怒放，自己站起来了，并且为了闹着玩儿又割断了那尸首的头颈。随后他把尸首拖到壕沟边就扔在那里面。

那匹安静的马等候他的主人。米龙老爹骑了上去，朝原野疾驰而去。

一小时以后，他又看见两个归营的骑兵并辔而来。他一直对准他们赶过去，又用德国话喊着：“救人！救人！”那两个普鲁士士兵看清了军服，让他走近前来，绝没有一点疑忌。于是老翁像弹丸一般在他们两人之间溜过去，一手用马刀，一手用手枪，同时干翻了他们两个人。

随后他又宰了那两匹马，那都是德国马！然后从容地回到了石灰窑，把自己骑过的那匹马藏在那阴暗的地道中间。他在那里脱掉军服，重新披上了他自己那套破衣裳，末了回家爬到床上，一直睡到第二天早晨。

他有四天没有出门，等调查的风头过去，但是，第五天，他又出去了，并且又用相同的计谋杀了两个普鲁士士兵。从此他不再住手了，每天夜晚，他总逛到外面去找机会，骑着马在月光下驰过荒废无人的田野，时而在这里，时而在那里，如同一个迷路的德国骑兵，一个专门猎取人头的猎人似的，杀了一些普鲁士人。每次工作完了以后，这个年老的骑士任凭那些尸首横在大路上，自己却回到了石灰窑，藏起了自己的坐骑和军服。

第二天中午时分，他安闲地带些清水和草料去喂那匹藏在地道中间的马，为了要它担负重大的工作，他是不吝惜饲料的。

但是，被审的前一天，那两个被他袭击的人，其中有一个有了戒备，并且在老翁的脸上割了一刀。

然而他把那两个都杀死了！他依然又转来藏好了那匹马，换好了他的破衣裳，但是回家的时候，他精疲力竭了，只能勉强拖着脚步走到马房跟前，再也不能回到房子里。

有人在马房里发现他浑身是血，躺在那些麦秸上面……

录完口供之后，他突然抬起头自负地瞧着那些普鲁士军官。

那团长抚弄着自己的髭须，问他：

“您再没有旁的话要说吗？”

“没有。再也没有，账算清了，我一共杀了十六个，一个不多，一个不少。”

“您可知道自己快要死吗？”

“我没有向您要求赦免。”

“您当过兵吗？”

“当过，我从前打过仗。并且从前也就是你们杀了我爹，他老人家是一世皇帝的部下。我还应该算到上一个月，你们又在艾弗勒附近杀了我的小儿子法朗索阿。从前你们欠了我的账，现在我讨清楚了。我们现在是谁也不欠谁。”

军官们彼此面面相觑了。

“八个算是替我爹讨还的，八个算是替我儿子讨还的，我们是谁也不欠谁了。我本不想找你们惹事，我！我不认识你们！我也不知道你们是从哪儿来的。现在你们已经在我家里，并且要这样，要那样，像在你们自己家里一般。我如今在那些人身上复了仇。我一点也不后悔。”老翁接着又说。

老翁挺起了脊梁，并且用一种谦逊的英雄姿态在胸前叉起了两只胳膊。

那几个普鲁士人低声谈了好半天。其中有一个上尉，他也有一个儿子在上一个月阵亡，这时，他替这个崇高的老翁辩护。

于是团长站起来走到米龙老爹身边，并且低声对他说：“听明白，老头儿，也许有个法子救您性命，就是要……”

但是那老翁根本不听，逼视着这个军官，这时候，一阵微风搅动了他头颅上那些稀少的头发，他紧蹙双眉，使得那张瘦脸皱成一团，他终于鼓起了他的胸膛，向那普鲁士人啐了一口。

团长呆了，扬起一只手，而那汉子又向他脸上啐了第二口。

所有的军官都站起来了，并且同时喊出好几道命令。

不到一分钟，那个始终安闲自在的老翁被人推到了墙边，那时候他才朝他的长子约翰、他的儿媳妇和他的两个孙子微笑了一阵，他们都惶惑万分地望着他，最后他被人枪决了。

名师点拨

小说讲述了普法战争中一个普通的法国农民米龙老爹孤胆杀敌的故事，成功塑造了一个机智勇敢、大义凛然的农民英雄形象，表现出法国人民抗击侵略者的英雄主义和维护民族尊严的爱国主义精神。

好词多积累

喜笑颜开　瘦骨嶙峋　光彩照人　惊慌失措　面面相觑

智勇兼备　素不相识　心花怒放　精疲力竭

佳句任你评

★然而走到跟前，等到有人打开了天井边的那扇被虫蛀坏的栅栏门，却自信是看见了一个广阔无边的花园，因为所有那些像农夫的躯体一样瘦骨嶙峋的古老苹果树都正开着花。乌黑的老树干在天井里排列成行，在天空之下展开它们那些红白相间的光彩照人的圆顶。花的香气和敞开的马房里的浓厚气味，以及肥料堆发酵后冒出的热气混合在一块儿。肥料堆上歇满了成群的母鸡。

★但是那老翁根本不听，逼视着这个军官，这时候，一阵微风搅动了他头顶上那些稀少的头发，他紧蹙双眉，使得那张瘦脸皱成一团，他终于鼓起了他的胸膛，向那普鲁士人啐了一口。

大家来思考

当普鲁士军官想赦免米龙老爹时，米龙老爹为何要向团长吐唾沫？

我的叔叔于勒（精读）

名师带你读

年轻时的于勒大肆挥霍，被看成“祸水”，落得扫地出门的下场。后来他去了美洲，赚了些钱，两年后又发了大财，成为大家的“福星”。菲利浦一家渴盼有钱的于勒回归，二姐也因此找到了结婚对象，一家人都很高兴，到哲西岛去旅行，他们在船上却见到一个酷似于勒的牡蛎贩子，那么这个人到底是不是于勒呢？

一个白胡子的老头儿向我们要求布施。我的同学约瑟甫·达勿朗诗给了他一枚值五个金法郎的银币。我吃惊了。

他向我说了这样一个故事：

我家原是住在勒阿弗尔的，并不富裕。靠大家想法子应付罢了，没有旁的办法。父亲在外工作，定要到天黑才从办公室回家，而收入并没有怎么增加。当时我还有两个姐姐。

> 名师批注：用简洁的文字概括了“我”的家境非常拮据。

我母亲因为我们生活得不宽裕感到痛苦，时常找着好些尖刻的话，好些遮遮掩掩的和不顾信义的闲话去对付我的父亲。这位可怜的丈夫当时有一个教我伤心的手势。他每每张开手掌搁在额头上，俨然是去擦汗一般，可是汗呢，并没有，而且他决不反驳。我感到他的痛苦了。大家尤其注意节约，从来不接受邀请去吃一顿晚餐，为的是免得回请；家里买的食品之类全是大减价的东西，种种陈货。姐姐们的裙袍全是自家缝的，为了三个铜元一米的饰带，也要在价格上商量好

> 名师批注：细节描写，刻画了“父亲”面对“母亲”责难时的无奈和痛苦。

久。我们通常的食品仅仅是浓汤和牛肉杂烩。据说这种做法既卫生又对身体有益，不过我宁愿吃旁的东西。

因为我丢了纽扣和撕破了裤子，他们就对我大嚷大闹。不过每逢星期日，我们就打扮得齐齐整整到港口的防波堤上去走一遭。父亲穿上礼服，戴上大礼帽，套上手套，伸出胳膊给母亲挽着，母亲插戴得花花绿绿的。姐姐都是早已打扮好，专心等候出发的信号，不过，到了最后的那一刹那，总有人在家长的礼服上发现一处油迹，于是不得不赶忙用一块浸着汽油的破布头儿去擦掉它。

名师批注

这段文字为后文情节埋下了伏笔。

我父亲依旧戴着大礼帽，大礼服是脱下了的。露出两只被衬衣袖子笼着的胳膊，去等候旁人把油迹擦干净，这时候，我母亲戴好那副近视眼镜，并且脱下了那双手套，免得弄脏，忙个不停。

全家庄严隆重地上路了。两个姐姐彼此挽着胳膊在前面走。她们都已到了结婚的年龄，当时父母们都要教她们在城里露露脸。我靠在母亲的左边，她的右边由父亲护卫。我现在还记得我可怜的父母在星期日散步时的庄严气概。他们正颜厉色，挺直了脊梁，走起路来双腿挺得笔直，郑重地走，仿佛一件极其重要的事情要靠着他们的这种态度才能完成一样。

每逢星期日看见那些从陌生的地方回来的大轮船，父亲始终毫不变更地说着同样的话："哈！倘若于勒就在那里面，那是何等惊人的喜事啊！"我的于勒叔叔，父亲的兄弟，当初全家都对他躲避不及，而那时算是家庭里的唯一希望了。我从童年时代就听见大家谈到他，我对他是那么熟识，所以我仿佛一见面就认得出他。他在动身去美洲那天以前的一切详细情形，我统统知道，尽管大家只轻轻地谈着他人生中的那一个时期。

名师批注

"毫不变更"一词说明父亲那句话已经说过无数次了，突出他盼望于勒归来的急切心情。

他像是曾经有过一种不良的品行，也就是说他曾经挥霍掉家中一些钱财。对于贫穷的家庭来说，这就是莫大的罪状了。在富有的家庭里，一个寻快乐的人做些糊涂事情，那就被旁人在微笑之中称呼他为花花公子。在日用短缺的家庭里，若是一个孩子把父母原有的一点家产也糟蹋掉，那他必然变成一个坏人，一个光棍，一个游荡子弟！

虽然事实是一样的，但这种区别还是有道理的，因为只有结局才能够判别行为的严重程度。

总而言之，于勒叔在挥霍完他自己那一份遗产之后，此外还大大地减少了我父亲可以得到的遗产。

旁人如同当年的惯例一样，教他搭上一艘从勒阿弗尔到纽约的商船到美洲去了。

一到那地方，于勒叔就做了商人，不过他在从事什么行业，我们不知道，并且他曾经写信回来，说自己赚了点钱，希望能够补偿他对我父亲造成的损失。这封信在我们家庭里引起很大的震动。于勒，从前有人说他毫无价值，居然一下变成了一个正派人，一个有良心的孩子，一个真正姓达勿朗诗的人，纯洁正直得和所有姓达勿朗诗的一样。

名师批注

此处描述了“我”的家人对于勒态度的前后变化，主要原因在于金钱，充满了讽刺意味。

此外，一个船长从前告诉过我们，说于勒叔租了一家大店铺，并且经营一种重要的买卖。

两年之后，第二封信来了，他说：“我亲爱的菲利浦，我写信给你是为了请你不要记挂我，我身体很好。买卖也做得不坏。明天我动身到南美洲去做一次长期旅行。将来也许有好几年没有消息给你。倘若我没有信来，你不必记挂。若发了财，我一定回勒阿弗尔。现在希望这事一定不会等得太久，并且我们将来一定能够舒舒服服一块儿生活……”

这封信竟变成我们家庭里的福音书。大家时常读着，拿给所有的人看。

在十年当中，事实上，于勒叔再也没有消息回来，不过时间越久，我父亲的希望就越大，后来我母亲也时常说：“将来好心眼的于勒回来之后，我们的情况自然不同了。那是一个很能干的人！”

每逢星期日，瞧着那些向天空吐出蛇一样的黑烟的大轮船从水平线上驶过来，我父亲就重述着他那句永不变动的话：

“哈！倘若于勒就在那里面，那是何等惊人的喜事啊！”并且大家几乎指望看见他扬起一方手帕唤着：“喂！菲利浦。”

这桩事一定会成为现实，大家盘算过无数的计划，甚至于谈到应当用叔叔的钱在安谷韦尔附近买一所小的乡村别墅。我不能肯定我父亲对于这件事绝没有找人商量过。

名师批注

对于勒是否真的发财了都不确定，“我”的家人却有“无数的计划”，读来令人可笑又可鄙。

我的大姐当时二十八岁，二姐也已二十六岁。她们都还没有结婚，这成为我们全家的大心事。

终于有一个想求婚的人被介绍给二姐了。对方是一个机关里的职员，不是富人，然而是正派的人。我素来相信于勒叔的那封信，某一天晚上我拿出来给那个青年瞧，居然使得他不再犹豫而下决心求婚了。

大家连忙接受了他的请求，并且决定在举行婚礼以后，全家一同到哲西岛去做一次短期的旅行。

对于穷人，哲西岛是个旅行的理想世界。地方不远，坐着一艘轮船渡过海峡，就到了国外，那个小岛是归英国管的。所以一个法国人经过两小时的海路，就能够看见一个邻国的民族住在他们国内的情形，并且可以研究这个被英国国旗掩护的岛上的风俗，据那些说话率直的人所说，那种风俗习惯真糟糕。

到哲西岛去的那次旅行，变成我们一心向往的事，我们唯一的期待和我们随时都怀着的梦想。

我们终于起程了。我现在还看得见那简直像是昨天的事：轮船在大城码头边生了火，我父亲张皇地监视着我们那三件行李上船，我母亲忧心忡忡地挽着我那个没有结婚的姐姐的胳膊，仿佛自从另一个姐姐嫁了之后，那个姐姐就孤单得如同一只留在原有的窝里的唯一鸡雏了；我们的后边，才是那一对老是落在后边的新婚夫妇，他俩时常弄得我转头去瞧。汽笛响了。我们都上船了，后来船离开堤岸，在一片平坦得如同翠色的大理石桌面一样的海面上行驶。我们瞧见海岸在那儿跑着，大家像所有难得出外旅行的人一样，又快乐又得意。

名师批注

运用比喻的修辞手法，描写了海上风景的美丽，同时也烘托出菲利浦一家人愉快的心情。

我父亲的大肚子，在他那件当天早上被人仔仔细细拭干净一切油迹的礼服里边挺着，而他的四周散发着汽油味儿，这是每次出门时都能闻到的，这味儿教我知道那是星期日。

突然他望见两位先生正邀请两位时髦的太太吃牡蛎。一个衣衫褴褛的老水手，用小刀一下撬开了牡蛎壳后递给先生们，他们跟着又交给那两位太太。她们用优雅的姿态吃起来，一面用一块精美的手帕托起牡蛎，一面又向前伸着嘴巴免得在裙袍上留下痕迹。随后她们轻轻一吮，吸掉牡蛎的汁水，就把壳扔到了海里。我父亲无疑受到那种在一艘开动的轮船上吃牡蛎的高雅行为的引诱了。他认为那是好派头，又文雅，又高尚，于是走到我母亲和我姐姐们身边，一面问：

“你们想不想我请你们吃几个牡蛎？”

我母亲因为要花钱，不免犹豫起来，但是我的姐姐们立刻接受了。我母亲用一种阻挠的音调说：

“我害怕吃了肚子痛。你只请孩子们吃吧，不过别多吃，否则你会弄得她们生病的。”

随后，她又侧转来，对我说：

“至于约瑟，他用不着吃；男孩子们，我们是不该惯他们的。”

这样，当时我就留在母亲身边了。我认为这种区别是不公道的。我用眼光跟着我父亲，他正庄严地引着他的两个女儿和一个女婿去找那个衣衫褴褛的老水手。

那两位太太刚刚走开，于是我父亲指点姐姐们应当怎样吃，才免得将汁水洒出来；他竟想做出一个样子，于是就拿起一个牡蛎。正在模仿那两位太太的时候，他一下把汁水统统洒到自己的礼服上了，接着我就听见母亲喃喃地说：

“哎呀，一个人安安静静待着多好。”

但是我发现我父亲突然像是心绪不宁，他走开了好几步，眼睛盯住家里那几个绕在牡蛎贩子身边的人，突然间，他对着我们走过来了。我觉得他的脸色发白，而且一双眼睛也是

名师批注

“心绪不宁”一词突出了菲利浦的紧张情绪，尽管他只是怀疑牡蛎贩子是于勒，但美梦破灭的恐惧感已经紧紧攫住了他。

异样的。他低声对我母亲说：

“这非常古怪，那个牡蛎贩子真像于勒。”

我母亲发呆了，她问：

“哪一个于勒？”

我父亲接口道：

“就是……我的兄弟……倘若我从前不知道他在美洲有了好地位，我真会相信那就是他。”

我母亲慌张起来，说：

“你发痴了！你既然明明知道那不是他，为什么又说这种糊涂话？”

但是我父亲仍然坚持：

“你去看看他吧，克辣立斯，我认为由你亲眼去证明一下要好得多。”

她站起来去找她的两个女儿。我呢，也注视着那个人。他看上去很老、很脏，满脸皱纹，他的视线没有离开他的活计。我母亲转来了，我望见她正发抖。她急速地说：

“我相信是他。你去向船长打听打听消息吧。要紧的是务必慎重一些，免得这坏蛋现在认出我们来！”

我父亲走过去了，我跟在他后边。我觉得自己异常激动。

船长是个又高又瘦的人，蓄着一大把长髯，正神气地在甲板上散步，仿佛自己指挥的是一艘开往印度的轮船。

我父亲彬彬有礼地走到他的身边，一面带着颂扬的口吻向他询问有关于他的业务的事：

“哲西岛的重要特点有哪些？它的出产？它的人口？它的习惯？它的道德观念？土壤性质……”

旁人也许相信他所问的至少是美国的事。

随后他们谈到了我们所搭的那艘名叫快利的船，又谈到了船上的人员，末了我父亲才用一道不安的声音问：

“这儿有一个老年的牡蛎贩子，他像是很能引人注意的。您可知道一些关于他的底细？”

这段话终于激起了船长的怒气，他冷冷地回答道：

名师批注

通过动作和语言描写，说明“母亲”对于勒的态度完全取决于于勒是否有钱，刻画了她唯利是图、自私冷酷的形象。

"那是我去年去美洲找的一个法国老年流浪者，我把他带回了祖国。他像是还有家人住在勒阿弗尔，不过因为他欠了他们些钱，所以不肯回到他们身边。他叫于勒，姓达尔芒司或者达尔汪司，总而言之是一个和这个差不多的姓。从前有一段时间，他像是在国外发过财，而现在您看得见他的破落光景了。"

> **名师批注** 借船长的话侧面交代了于勒的经历，他是因为生意失败，无力偿还欠家人的钱，所以才不愿回家，这说明他并非一个无赖。

我父亲变得面无人色了，哑着嗓子，瞪着眼睛，一个字一个字慢吞吞地说：

"啊！啊！很好……真好……这倒不教我诧异……我非常感谢您。船长。"

> **名师批注** 通过神态描写，表现了"父亲"在证实了牡蛎贩子就是于勒后，多年来的希望破灭，失望和恐惧让他失态。

他之后就走开了，而那位航海家莫名其妙地瞧着他走开。他重新回到我母亲跟前，脸色大变，以至于她对他说：

"坐下吧，有人快要看出来了。"

他坐在一条长凳上，说：

"是他，的的确确是他。"

随后他又问：

"我们怎么办呢？"

她激动地回答道：

"应当教孩子们走开。既然约瑟什么都知道了，就要他去找他们过来吧。尤其应当留心的，就是让我们的女婿一点也不要犯疑。"

我父亲像是惊呆了，喃喃地说：

"大祸临头了！"

我母亲突然变得怒气冲天，她接着说：

"我一向怀疑这个坏蛋做不成一点好事，并且有一天他又会成为我们的负担！一个姓达勿朗诗的，怎能够指望在他的身上盼望一点什么！……"

后来，我父亲用手心抚着自己的额头，如同他素来在他妻子责备之下所做的一样。

> **名师批注** 面对"母亲"的愤怒，"父亲"只能像往常那样"用手心抚着自己的额头"，照应了前文。

她又说：

"拿点钱给约瑟，派他去付吃牡蛎的钱吧，现在，只差教我们被这讨饭的认出来。一认出来，那船上就有好戏瞧了。我们走到那一头去吧，并且你务必设法教那个人不至于走近我们跟前！”

她站起来了，他们在给了我一块银币之后都走开了。

我的姐姐们正在惊讶之中等候着父亲。我说母亲觉得有点儿晕船，后来我问牡蛎贩子：

“我们应当付您多少，先生？”

我当时简直想说：“我的叔叔。”

名师批注

此处表现了“我”的善良和纯真，衬托出菲利浦夫妇的势利和吝啬形象。

他回答道：

“两个半金法郎。”

我拿出了我那块银币，他找了零钱给我。

我望着他的手，他那双水手的脏手，又望着他的脸，一副忧愁的衰老可怜的脸，一面对自己说：

“这是我的叔叔，父亲的兄弟，我的叔叔。”

我留下了十个铜子儿给他做小费。他向我道谢：

“上帝保佑您，少爷！”

那声音正是穷人接受布施所常用的。我想他从前在美洲应当是讨过饭的！

姐姐们望着我，为我的大度感到吃惊。

当我把两个金法郎交还父亲时，我母亲又吃惊了，她问道：

“要花三个金法郎？……这是不可能的。”

我用坚定的语气说：

“我给了十个铜子儿做小费。”

我母亲突然诧异得轻轻跳起来，双眼盯住了我：

“你发痴了，拿十个铜子儿给那个人，那个叫花子！……”

她在我父亲的一个眼色之下停住了，我父亲所示意的正是避免他的女婿发现异样。

随后大家都安静了。

在我们眼前的水平线上，一个紫色的小点儿像是从海里钻出来似的。那就是哲西岛。

等到快要靠近堤岸时，我心里起了一个强烈的欲望想去再和我的于勒叔见一面，想自己走过去，想对他说几句安慰的话、体己的话。

但是，当时没有一个人再要吃牡蛎了，他早已无影无踪了，无疑地，他早已走到供给这种可怜的人住宿的臭气熏人的底舱去了。

后来我们搭了圣马洛号回来，为的是免得和他相遇。我母亲是万分不放心的。

从此我就永远没有见过我父亲的兄弟了！

这就是你会看见我有时候拿出一块值一百铜子儿的银币施给流浪者的理由。

名师批注

首尾呼应，使故事情节保持完整。

名师点拨

小说主要通过“我”和家人去哲西岛途中，巧遇于勒叔叔的经过，刻画了菲利浦夫妇在发现“富于勒”变成“穷于勒”后的不同表现和心理，揭示并讽刺了金钱社会当中，人与人之间关系的变态。

好词多积累

衣衫褴褛　心绪不宁　彬彬有礼　大祸临头　怒气冲天　臭气熏人

佳句任你评

★大家尤其注意节约，从来不接受邀请去吃一顿晚餐，为的是免得回请；家里买的食品之类全是大减价的东西，种种陈货。姐姐们的裙袍全是自家缝的，为了三个铜元一米的饰带，也要在价格上商量好久。我们通常的食品仅仅是浓汤和牛肉杂烩。据说这种做法既卫生又有益身体，不过我宁愿吃旁的东西。

★我望着他的手，他那双水手的脏手，又望着他的脸，一副忧愁的衰老可怜的脸，一面对自己说：

“这是我的叔叔，父亲的兄弟，我的叔叔。”

大家来思考

父亲请我的姐姐们吃牡蛎时，不小心把牡蛎汁都洒到他自己的衣服上了，这一细节描写有何作用？

项　　链（精读）

名师带你读

玛蒂尔德在一次上流社会的晚宴上，因为借来的项链而出了风头，不幸的是她在回家途中弄丢了项链。为了偿还朋友的项链，她向高利贷借款。从此，她节衣缩食，四处打工，为了还债而整整辛劳了十年。最后，她却发现……

世上的漂亮动人的女子，每每像是由于命运的差错似的，出身于一个小职员的家庭，我们现在要说的这一个正是这样。她没有陪嫁的资产，没有希望，没有任何方法使得一个既有钱又有地位的人认识她，了解她，爱她，娶她；最后，她不得不和教育部的一个小科员结了婚。

不能够讲求装饰，她是朴素的，但是不幸得像一个被降低了身份地位的女人；因为妇女们本没有阶级、没有门第之分，她们的美、她们的风韵和她们的诱惑力就如同她们的出身和门第。她们天生的机警、出众的本能、柔软的心灵，构成了她们唯一的等级，而且可以把民间的女子提得和最高贵的妇人一样高。

她觉得自己本是为了一切精美的、豪华的事物而生的，因此老感到痛苦。由于自己房屋的寒碜、墙壁的粗糙、家具的陈旧、衣料的庸俗，她非常难过。这一切，在另一个和她同阶层的妇人心上，也许想都未想过，然而她因此伤心，又因此懊恼，那个替她照料琐碎家务的布列塔尼省的小女仆的

名师批注

追求生活的安逸和舒适是人的本能，然而理想和现实的落差总是让女主人公痛苦不已。

样子，使她产生了种种忧苦的遗憾和胡思乱想。她幻想着那些静悄悄的接待室，蒙着东方的帷幕，被青铜的高脚灯檠照亮，两个身穿短裤子的高个儿侍应生正听候指使，而热烘烘的空气暖炉使得两个侍应生正在大型的圈椅上打盹。她幻想那些四壁蒙着丝绸的大客厅，那些摆着无从估价的瓷瓶的精美家具；她幻想那些精致而且香气沁人的小客厅，到了下午五点，她就可以和亲切的男朋友在那儿闲谈，和那些被妇女界羡慕的并且渴望一顾的知名男子在那儿闲谈。

名师批注

由丈夫的动作和语言可以看出他是一个热爱生活、懂得知足常乐的人。

然而事实上，她每天吃晚饭的时候，就在那张小圆桌跟前和她的丈夫面对面坐下，桌上盖的白布要三天才换一回，丈夫把那汤碗的盖子一揭开，就用一种高兴的神态说道："哈！好肉汤！世上没有比它更好的……"因此她又幻想那些丰盛精美的筵席了，幻想那些光辉灿烂的银器皿了，幻想那些满绣着仙境般的园林和其间的古装仕女以及古怪飞禽的挂在墙上的壁毯；她幻想那些用名贵的盘子盛着的美味佳肴了，幻想那些在吃着一份粉红色的鳟鱼肉或者一份松鸡翅膀的时候带着爽朗的微笑去细听的情话了。

而且她没有像样的服装，没有珠宝首饰，什么都没有。可是她偏偏只欢喜这一套，觉得自己是为了这一套而生的。她早就指望自己能够取悦于人，能够被人羡慕，能够有诱惑力而且被人追求。

名师批注

这段文字反映了女主人公对贵妇生活的向往和对现实生活的失望不满。同时，此处提到她的有钱朋友，为后文情节做铺垫。

她有一个有钱的女朋友，一个在教会学校里的女同学，可是现在已经不再想去看她，因为看了之后回来，她总会感到痛苦。

不料某一天傍晚，她丈夫带着得意扬扬的神气回来了，手里拿着一个大信封。

"瞧吧，"他说："这儿有点儿东西是专门为了你的。"她赶忙拆开了信封，从里面抽出一张印着这样语句的请帖：

"教育部部长若尔日·郎波诺暨夫人荣幸地邀请骆塞尔先生和骆塞尔太太参加一月十八日星期一在本部大楼举办的晚会。"

她丈夫以为她一定快活得很，谁知她竟带着伤心而且生气的样子把请帖扔到桌上，冷冰冰地说：

“你叫我拿着这东西怎么办？”

“不过，亲人儿，我原以为你大概是满意的。你素来不出门，并且这是一个机会，这东西，一个好机会！我费了多大气力才弄到手。大家都想要请帖，它是很难弄到手的，却又没有多少份发给同事们。将来在会上看得见政界的全部人物。”

她用一种暴怒的眼光瞧着他，后来她不耐烦地高声说：“你叫我穿什么到那儿去？”

他之前没有想到这一层，结结巴巴地说：“不过，你可以穿去看戏的那件裙子。我觉得它很好，我……”

瞧见他妻子流着眼泪，他不说话了，吃惊了，心里糊涂了。两大滴眼泪慢慢地从她的眼角向着嘴角流下来，他忙说道：“你怎么了？你怎么了？”

她下狠劲忍住伤心，擦着自己那润湿了的脸蛋儿，一面用一道平静的声音回答：“没有什么。不过我没有衣裳，所以我不能够去赴这个晚会。你倘若有一个同事，他的妻子能够比我打扮得好些，你就把这份请帖送给他。”

他发愁了，接着说道：“这么着吧，玛蒂尔德，要花多少钱，一套像样的衣裳，以后遇着机会你还可以再穿的，简单一些的？”

她思索了好几秒钟，确定她的盘算，并且也考虑到这个数目务必可以由她要求，不至于引起这个节俭科员的一种吃惊的叫唤和一个干脆的拒绝。末了她迟迟疑疑地回答：“细数呢，我不晓得，不过我估计，有四百金法郎，总可以办得到。”

他的脸色有点儿发青了，因为他手里正存着这样一个数目预备去买一支枪，使得自己在今年夏天的星期日里，可以和几个打猎的朋友们到南兑尔那一带平原地方去打鸟。

然而他回答道：“就这样吧。我给你四百金法郎。不过你要想法子去做一件漂亮的衣服。”

晚会的日期已经近了，骆塞尔太太好像在发愁，整天闷

名师批注

通过神态和语言描写，表现了女主人公的反常。本应该是她向往的社交生活，她却很不高兴，设置了悬念。

名师批注

通过心理描写，表现出女主人公提出要求时的谨慎态度。她在经济上完全依赖丈夫，因此有些迟疑。

闷不乐，心里有些焦躁不安。然而她的新衣服做好了。某一天傍晚，她丈夫问她："你怎么啦？想想吧，这三天以来，你是很异样的。"

于是她说："没有一件首饰，没有一颗宝石，插的和戴的，一点儿也没有，这件事真教我心烦。简直太穷酸了。现在我宁可不去赴这个晚会。"

他接着说道："你将来可以插戴几朵鲜花。在现在的时令里，那是很出色的。花十个金法郎，你可以买得到两三朵很好看的玫瑰花。"

她一点也听不进去。"不成……世上最叫人丢脸的，就是在许多有钱的女人堆里露穷相。"

名师批注

丈夫让妻子"借首饰"的建议推动了故事情节发展。

她丈夫高声叫唤起来："你真糊涂！去找你的朋友伏来士洁太太，问她借点首饰。你和她的交情，是可以开口的。"

她迸出一道快活的叫唤："这是真的。这一层我当初简直没有想过。"

第二天，她到她这位朋友家里去了，向朋友谈起了自己的烦恼。

伏来士洁太太向着她那座嵌着镜子的大衣柜跟前走过去，取出一个大的盒子，带过来打开对骆塞尔太太说："你自己选吧，亲爱的。"

她最初看见许多手镯，一个用珍珠镶成的项圈，一个威尼斯款式的金十字架，镶着宝石的，做工非常精巧。她在镜子跟前试着这些首饰，迟疑不决，舍不得丢开这些东西，归还这些东西。她老问着："你还有没有一点什么别的？"

"有的是，你自己找吧。我不晓得你更喜欢哪件。"

她忽然在一个黑缎子做的小盒子里，发现了一串用钻石镶成的项链，那东西真是光彩夺目；于是她的心因为一种奢望"怦怦"跳起来。她双手拿着那东西发抖，她戴上项链，对着自己在镜子里的影子出了半天的神。

后来，她带着满腔的顾虑迟疑地问道："你能够借这东西给我吗，我只借这一件？"

“当然可以，当然可以。”

她跳起来抱着她朋友的颈项，热烈地吻了又吻，最后，她带着这件宝贝飞快地跑了。

晚会的日子到了，骆塞尔太太得到极大的成功，她比一般女宾都要漂亮、时髦、迷人，她一直在微笑，并且乐得发狂。一般男宾都望着她出神，探听她的姓名，设法使人把自己引到她跟前做介绍。本部机要处的人员都想和她跳舞，部长也注意到她了。

她用陶醉的姿态跳着舞，用兴奋的动作跳着舞，她沉醉在欢乐里，她满意于自己的容貌的胜利，满意于那一切阿谀赞叹，一种幸福的祥云包围着她。所以她什么都不思虑了。

她是凌晨四点钟离开的。她丈夫自从半夜十二点钟时，就同着另外三位男宾在一间无人理会的小客厅里睡着了；这三位男宾的妻子也正在快活地跳舞。

他替她披上那些为了御寒而带来的衣服，家常用的俭朴的衣服，这些东西的寒碜意味是和舞会里的服装的豪华气派不相称的。她觉察到了这一层，于是为了避免另外那些裹着珍贵皮衣的太太们注意，她竟想逃遁了。骆塞尔牵住了她：

> **名师批注**
>
> 女主人公希望为自己短暂的美梦画上一个完美的句号，所以她不愿在曲终人散的时候暴露自己寒酸的一面。

“等着吧。你到外面会受寒。我去找一辆出租的马车来吧。”

不过她绝不听从他，匆匆忙忙下了台阶。等到他俩走到街上，竟找不着车了；于是他俩开始去寻找，追着那些他们远远地望得见的车子。

他俩沿着塞纳河走下去，两个人感到失望，浑身冷得发抖。末了，他俩在沿河马路上竟找着了一辆专门做夜间生意的旧式马车——这样的车子白天在巴黎会自惭形秽，所以要到天黑以后才看得见它们。

车子把他俩送到殉教街的寓所大门外，他俩惆怅地上了楼。在她，这算是结束了。而他呢，却想起了自己明天早上十点钟应当到部里去上班。

她在镜子跟前脱下了那些围着肩头的御寒的衣服，想再次端详无比荣耀的自己。但是陡然间她发出了一声狂叫。她

> **名师批注**
>
> 借来的项链弄丢了，故事情节向前推进。

已经没有那串围着颈项的项链了！

她丈夫这时候已经脱了一半衣服，连忙问：“你怎么了？”

她发痴似的转过身来说：“我已经……我已经……我现在找不着伏来士洁太太那串项链了。”

他惊慌失措地站起来：“什么？……哪会有这样的事！”

于是他俩在那件裙子的衣褶里，外套的衣褶里、口袋里，都寻遍了。到处都找不到它。

他问道：“你能肯定离开舞会的时候还挂着那东西吗？”

“对呀，我在部里的过道里还摸过它。”

“不过，倘若你在路上掉了，我们可以听得见它落下去的声响。它应当在车子里。”

“对呀。这是可能的。你可曾记下车子的号码？”

“没有。你呢，你当初也没有注意？”

“没有。”

他俩目瞪口呆地互相瞧着。末了，骆塞尔重新穿好了衣服。

“我去，”他说，“我去把我俩步行经过的路线再走一遍，去看看是不是可以找得着它。”

于是他出去了。她呢，连脱衣上床睡觉的力气都没有，始终没有换下那套参加晚会的衣裳，就靠在一把围椅上面，屋子里没有生火，脑子里什么也不想。

名师批注

通过动作描写，刻画了女主人公闯下大祸之后茫然不知所措的状态。

她丈夫在七点钟回家。什么也没有发现。

他走到警察总厅和各报馆里去悬赏寻找，又走到各处出租小马车的公司，总而言之，凡是有一线希望的地方都走遍了。

她对着这种骇人的大祸，在惊愕状态中间整整地等了一天。

骆塞尔在傍晚的时候带着瘦削灰白的脸回来了，他一点线索也没有。

“应当，”他说，“写信给你那个女朋友说你弄断了那串项链，现在正叫人在修理。这样我们就可以有周转的时间。”

名师批注

男主人公的一句话，引出“赔项链”这一情节，故事构思巧妙。

她在他的口授之下写了这封信。

一星期以后，他们任何希望都消失了，并且骆塞尔像是老了五岁，他高声说道：

“现在应当设法去赔这件宝贝了。”

第二天，他们拿了盛那件宝贝的盒子，照着盒子里面的招牌到了珠宝店里，店里的老板查了许多账簿。

“太太，这串项链不是我店里卖出去的，我只做了这个盒子。”

于是他俩到一家家的首饰店去访问，寻觅一件和失掉的那件首饰相同的东西，他俩因为伤心和忧愁都快要生病了。

他们在故宫街一家小店里找到了一串用钻石镶成的项链，他们觉得正像他们寻觅的那一串。它值四万金法郎，店里同意以三万六千金法郎卖给他们。

他们央求那小店的老板在三天之内不要卖掉这东西，并且另外说好了条件：倘若原有的那串在二月底以前找回来，店里就用三万四千金法郎回收这串项链。

骆塞尔本存着他父亲从前留给他的一万八千金法郎，剩下的数目就得去借了。

他动手借钱了，向这个借一千金法郎，向那个借五百金法郎，向这里借五枚鲁意金元，向另一处又借三枚。他签了许多借据，订了许多破产性的契约，和那些盘剥重利的人、各种不同国籍的放款人打交道。他损害了自己后半生的前程，冒险地签上了自己的姓名，并且，想到了将来的苦恼，想到了压在身上的黑暗贫穷，想到了整个物质上的匮乏和全部精神上的折磨造成的远景，他感到很恐怖。他还是走到那个珠宝商人的柜台边放下了三万六千金法郎，取走了那串新项链。

骆塞尔太太把首饰还给伏来士洁太太的时候，伏来士洁太太用一种不高兴的神情说：

“你应当早点儿还给我，因为我也许要用它。”

她当时并没有打开那只盒子，这正是她的女朋友担忧的事。倘若看破了这件替代品，她的女朋友将要怎样想？她的女朋友难道不会把她当作一个贼？

骆塞尔太太尝到了穷人的困窘生活。此外，她突然一下

名师批注

女主人公虽然因为贪慕虚荣而欠下巨额债务，但是她没有逃避责任，而是勇敢面对，她的勇气是值得肯定的。

用英雄气概打定了主意，那笔骇人的债是必须偿还的。她预备偿还它。他们辞退了女仆，搬了家，租了某处屋顶底下的一间阁楼。

她开始做种种家务工作了，开始干厨房里可厌的日常肮脏活儿了。她洗濯杯盘碗碟，在罐子、铁锅的油垢底子上磨坏了那些玫瑰色的手指头。内衣和抹布都由她亲自用肥皂洗濯再晾到绳子上。她每天早起，搬运垃圾下楼，再把水提到楼上，每逢走完一层楼，就得坐在楼梯上喘口气。她穿得像是一个平民妇人了，她挽着篮子走到蔬菜店里、杂货店里和肉店里去和店主讨价还价，去挨骂，极力一个铜元一个铜元地去防护她那点儿可怜的零钱。

每月都要收回好些借据，一面另外立几张新的去延缓一些还债日期。

她丈夫在傍晚的时候替一个商人誊清账目，时常到了深夜，他还得抄录那种五个铜元一面的书。

这种生活延续了十年之久。

十年之后，他俩还清了全部债务，连同高利贷的利息和利滚利的利息也还清了。

名师批注

通过肖像描写，表现了女主人公因还债而历尽艰辛，容貌早已今非昔比，让人唏嘘不已。

骆塞尔太太看上去已经老了。现在，她已经变成了贫苦人家的强健而且坚强的妇人了。她乱挽着头发，歪歪地系着裙子，露着一双发红的手，高声说话，用大盆水洗地板。但是有时候她丈夫到办公室里去了，她独自坐在窗前，回想从前的那个晚会，在那个舞会上，她曾经是那样美丽、那样快活。

名师批注

此处插入一句议论，引人深思，舒缓了叙述节奏，使情节有张有弛。

倘若当时没有丢失那件首饰，她现在会走到什么样的境地？谁知道？谁知道？人生真是古怪，真是变化无常啊。无论是害您或者救您，只消一点点小事。

然而，某一个星期日，她正在香榭丽舍大街上散步，以调剂一周之中的日常劳作。这时候，她忽然看见了一个带着孩子散步的妇人。那就是伏来士洁太太，她始终是年轻的，始终是美貌的，始终是有诱惑力的。

骆塞尔太太非常激动。要不要去和她攀谈？对的，当然。并且自己现在已经还清了债务，可以彻底告诉她。为什么不？她走近前去。

“早安，约翰妮。”

那一位竟一点儿也不认识她了，以为自己被这个平民妇人这样亲热地叫唤是件怪事，她结结巴巴地说：

“不过……这位太太……我不知道……大概应当是您弄错了。”

“没有错。我是玛蒂尔德·骆塞尔呀。”

她那个女朋友狂叫了一声：

“噢！……可怜的玛蒂尔德，你真变了样子！……”

“对呀，我过了许多很艰苦的日子，自从我上一次见过你以后，并且种种苦楚都是为了你！……”

“为了我……这是怎样一回事？”

“从前，你不是借了一串钻石项链给我到部里去参加晚会，现在，你可还记得？”

“记得，怎样呢？”

“怎样，我丢了那串东西。”

“哪儿的话，你早已还给我了。”

“我从前还给你的是另外一串完全相同的。到现在，我们花了十年工夫才付清这笔钱。像我们什么也没有的人，你明白这件事是不容易的……现在算是还清了债，我有说不出的高兴。”

伏来士洁太太停住了脚步：

“你可是说从前买了一串钻石项链来赔偿我的那一串？”

“对呀，你以前简直没有看出来，是吗？那两串东西原是完全相同的。”

说完，她用一阵自负而又天真的快乐神气微笑了。

伏来士洁太太很受感动，抓住了她两只手：“唉，可怜的玛蒂尔德，不过我那一串本是假的，顶多值五百金法郎！……”

名师批注

通过心理描写，表现了女主人公的生活态度的转变。十年前，她会因为与女友的家境悬殊而自卑；十年后，她却能主动跟女友打招呼。

名师批注

故事的结尾出人意料，令人深思：女主人公虽然为了一个本不存在的巨额债务历尽十年艰辛，但是在这个过程中她的人生也变得丰满。这一代价是否值得，只有女主人公自己清楚。

名师点拨

小说讲述了一个小职员的妻子为了满足一时的虚荣心，结果付出了十年辛劳的故事。故事真实自然，情节跌宕起伏，结局出乎意料，语言凝练而富有感染力。

好词多积累

胡思乱想　冷冰冰　焦躁不安　自惭形秽　张皇失措

佳句任你评

★不能够讲求装饰，她是朴素的，但是不幸得像一个被降低了身份地位的女人；因为妇女们本没有阶级、没有门第之分，她们的美、她们的风韵和她们的诱惑力就如同她们的出身和门第。她们天生的机警、出众的本能、柔软的心灵,构成了她们唯一的等级,而且可以把民间的女子提得和最高贵的妇人一样高。

大家来思考

当玛蒂尔德辛苦十年还清债务，再次遇见伏来士洁太太时，她为何有勇气上前与伏来士洁太太攀谈？

两个朋友

名师带你读

莫利梭和索瓦日是两个法国平民，他们都非常爱钓鱼。某一天他俩相约出城钓鱼，不料被普鲁士人捉住，逼迫他们说出进城的口令。面对敌人的威逼利诱，这两个人英勇就义，表现出了令人钦佩的爱国主义精神。

巴黎被包围了，人们在挨饿，并且已经在苟延残喘了。各处的屋顶上看不见什么鸟雀，水沟里的老鼠也稀少了。无论什么大家都肯吃。

莫利梭先生，一个素以修理钟表为业而因为时局关系才闲住在家的人，在一月某个晴朗的早上，正空着肚子，把双手插在自己军服的裤子口袋里，愁闷地沿着环城大街闲荡，走到一个被他当作朋友的同志跟前，他立刻就停住了脚步。那是索瓦日先生，一个常在河边会面的熟人。打仗以前，每逢星期日，莫利梭一大早就离开家，他一只手拿着一根钓鱼的竹竿，背上背着一个白铁盒子，从阿让德衣镇乘火车，在哥隆白村下车，然后步行到马郎德洲。一下走到了这个他魂牵梦萦的地方，他就开始钓鱼，一直钓到天黑为止。

每逢星期日，他总在这个地方遇见一个很胖又很快活的矮子——索瓦日先生，罗累圣母堂街的针线杂货店老板，也是一个醉心钓鱼的人。他们时常肩并肩地坐着消磨上半天的工夫，手握着钓竿，双脚悬在水面上；后来他们彼此之间产生了友谊。

有时候他们并不说话，有时候他们也聊上几句；不过既然有相同的爱好和相同的趣味，尽管一句话不谈，也是能够很好地相契的。

春天，上午十点钟左右，朝阳下，河面上浮动着一层薄雾，两个钓鱼迷的背上也感到暖烘烘的。

这时候，莫利梭偶尔也对他身边的那个人说：“嘿！多么舒服！”索瓦日先生回答说："再没有比这更惬意的了。"于是这种对话就能让他们互相了解和互相尊重了。

秋天，傍晚的时候，那片被落日染得血红的天空，在水里投下了绯霞的倒影，染红了河身，地平线上像是着了火，两个朋友的脸儿也红得像火一样，那些在寒风里瑟瑟发抖的黄叶像是镀了金，于是索瓦日先生微笑着望着莫利梭说道："多好的景致！"心里也正在赞叹不已的莫利梭两眼紧盯浮子赞同道："这比在环城马路上好多了。"

这一天，他们彼此认出之后，就使劲地互相握了手，在这种异样的环境里相逢，大家都是有感慨的。索瓦日先生叹了一口气低声说："变故真不少哟！"莫利梭非常抑郁，叹气说："天气倒真好！今天是今年第一个好天气！"

天空的确是蔚蓝的和非常晴朗的。

他们开始肩并肩走起来，大家都漫不经心，并且都是愁闷的。莫利梭接着说："钓鱼的事呢？嗯！想起来真有意思！"

索瓦日先生问："我们什么时候再到那儿去？"

他们走进一家小咖啡馆一块儿喝了一杯苦艾酒，后来又在人行道上散步了。

莫利梭忽然停住了脚步："再来一杯吧，嗯？"索瓦日先生赞同这个意见："遵命。"他们又钻进了另一家小酒馆。

从酒馆出来的时候，他们都有些醉了，头脑恍惚得如同饿了的人装了满肚子酒一样。天气是暖的。一阵和风拂得他们脸有点儿痒。

那位快半醉了的索瓦日先生停住了脚步："去那儿吧！"

"什么地方？"

"当然是去钓鱼啦。"

"到什么地方去钓？""就是到我们那个沙洲上去。法国兵的前哨在哥隆白村附近。我认识杜木兰团长，他一定会不费事地让我们过去的。"莫利梭高兴得发抖："一言为定。我来一个。"于是他们分了手，各自回家去取他们的器具。

一小时以后，他们已经在城外的大路上肩并肩走了。随后，他们到了那位团长办公的别墅里。团长因为他们的要求而微笑了，并且同意他们的新鲜花样。他们带着一张通行证又上路了。

不久，他们穿过了前哨，穿过了那个荒芜了的哥隆白村，后来就到了好些向着塞纳河往下展开的小葡萄园的边上。此时大约是上午十一点钟。

对面，阿让德衣镇一片死寂。麦芽山和沙诺山的高峰俯临四周的一切。那片直达南兑尔县的平原上空空荡荡，有的只是那些没有叶子的樱桃树和灰色的荒田。

索瓦日先生指着那些山顶低声说：“普鲁士人就在那上面！”于是一阵疑虑教这两个朋友对着这块荒原止步了。

普鲁士人！他们却从来没有瞧见过，不过好几个月以来，他们觉得普鲁士人围住了巴黎，蹂躏了法国，抢劫杀戮，造成饥馑，这些人是看不见的和无所不能的。所以，他们对这个素不相识却又打了胜仗的民族非常憎恨，同时也对他们抱有一种近似迷信的恐惧。

莫利梭说：“倘若我们撞见了他们怎么办？”索瓦日先生带着巴黎人惯有的嘲谑态度回答道：“我们可以送一份炸鱼给他们吧。”

不过，由于整个世界全是沉寂的，他们因此感到胆怯，有点不敢在田地里乱撞了。

最后，索瓦日先生打定了主意：“快点向前走吧！不过要小心。”于是他们就从下坡道儿走进一个葡萄园里，弯着腰，睁大眼睛，竖起耳朵，在地上爬着走，利用一些矮树掩护自己。

现在，要走到河岸，只需穿过一段没有遮掩的地面就行了。他们开始奔跑起来；一到岸边，他们就躲到那些枯了的芦苇里。

莫利梭把脸贴在地面上，去细听附近是否有人行走。他什么也没有听见。显然除了他们，周围没有别人。

他们觉得放心了，后来就动手钓鱼。

他们对面是荒凉的马郎德洲，在另一边河岸上遮住了他们。从前在洲上开饭馆的那所小房子现在关闭了，像是已经许多年无人理睬了。

索瓦日先生钓到第一条鲈鱼，莫利梭钓着了第二条，随后他们时不时地举起钓竿，就在线头上带出一条活蹦乱跳的银光闪耀的小动物。

他们郑重地把这些鱼放在一个浸在他们脚底下水里的很细密的网袋里。一阵美妙的快乐透过他们的心上，那是一种当人与一件被剥夺的心爱之事久别重逢时才能体会到的独特快乐。

晴朗的日光，照得他们的背上暖洋洋的。他们不去细听什么，不去思虑什么，不知道世上其他的事，只知道钓鱼。

但是突然间，一阵像是从地底下发出来的沉闷声音教地面发抖了。大炮又开始像远处打雷似的响起来了。

莫利梭回过头来，他从河岸上望见了左边远远的地方，那座瓦雷良山的侧影正披着一簇白的鸟羽样的东西，那是刚刚从炮口喷出来的硝烟。

立刻第二道烟又从这炮台的顶上喷出来了；几秒钟之后，一道新的爆炸声又怒吼了。

随后好些爆炸声接续而来，那座高山一阵又一阵地散发出那种死亡的气息，吐出那些乳白色的烟雾——这些烟雾从从容容升上宁静的天空，在山顶之上堆成了一层云雾。索瓦日先生耸着双肩说："他们现在又动手了。"

莫利梭正闷闷地瞧着他的浮子不住地往下沉，忽然这个性子温和的人，对着这帮如此残杀的疯子发起火来，他愤愤地说："像这样自相残杀，真是太蠢了。"

索瓦日先生回答道："真不如畜生。"

莫利梭正好钓着一条鲤鱼，高声说道："可以说凡是有政府在世上的时候，一定都要这样干的。"

索瓦日先生打断了他的话："共和国就不会宣战了……"

莫利梭说："有帝王，向国外打仗；有共和国，向国内打仗。"

后来他们开始平心静气地讨论起来，最后，他们达成共识：人类永远不会自由。然而瓦雷良山的炮声没有停息，用炮弹摧毁了好些法国房子，压碎了好些生命，结束了许多梦想，许多在期待中的快乐，许多在希望中的幸福，并且在远处的其他地方，在贤母的心上、良妻的心上、爱女的心上，制造好些再也不会了结的痛苦。

"这就是人生！"索瓦日先生高声喊着。

"您不如说这就是死亡吧。"莫利梭带着笑容回答。

不过他们都张皇地吃了一惊，明显地觉得他们后面有人走动；于是他们转过身来一望，就看见四个人贴着他们的肩站着，四个带着兵器，留着胡子，穿着仆人制服般的长襟军服，戴着平顶军帽的大个子，用枪口瞄着他们的脸。两根钓竿从他们手里滑下来，落到河里去了。

他们立刻就被捉住了，绑好了，抬走了，扔进一只小船里，渡河来到了那个沙洲上。

在当初那所被他们当作废弃无人的房子后面，他们看见了二十来个德国兵。

一个浑身长毛的巨人似的军官骑在一把椅子上面，吸着一支长而大的瓷烟斗，用地道的法国话问他们："喂，先生们，你们很好地钓了一回鱼吧？"

于是一个小兵在军官的脚跟前，放下了那个由他小心翼翼地带回来的满是鲜鱼的网袋。那个普鲁士人微笑地说："嘿！嘿！我说收获不错嘛。不过另外有一件事，你们好好地听我说，并且不要慌张。我想你们两个人都是被人派来侦探我们的奸细。我现在捉了你们，就要枪毙你们。你们假装钓鱼，为的是可以好好地掩护你们的计划。你们现在已经落到我手里了，活该你们倒霉；现在是打仗呀。”

“不过你们既然从前哨走得出来，自然知道回去的口令，把这口令给我吧，我赦免你们。”

两个面无人色的朋友靠着站在一处，四只手都在发抖，他们一声不吭。

那军官接着说：“谁也不会知道这件事，你们可以太太平平地走回去。这个秘密就随着你们消失了。倘若你们不答应，那就非死不可，并且立刻就死。你们选择吧。”

他们依然一动不动，没有开口。

那普鲁士人始终是平静的，伸手指着河里继续说：“你们想想吧，五分钟之后你们就要到水底下去了。五分钟之后！你们应当都有父母妻小吧！”

瓦雷良山的炮声始终没有停止。

两个钓鱼的人依然站着没有说话。那个德国人用他的本国语言下了命令。

然后，他挪动了自己的椅子，免得和这两个俘虏过于接近；随后来了十二个士兵，立在相距二十来步的地方，他们的枪都是靠脚放下的。

军官接着说：“我限你们一分钟，多一两秒钟都不行。”

这时，他突然站起来，走到那两个法国人身边，伸出胳膊挽着莫利梭，把他引到了远一点的地方，低声对他说：

“快点,那个口令呢？你那个伙伴什么也不会知道的,我可以装出不忍心的样子。”

莫利梭一个字也不回答。

那普鲁士人随后又引开了索瓦日先生，并且对他提出了同样的问题。

索瓦日先生没有回答。

他们又紧靠着站在一处。

军官下了命令。士兵们都托起了他们的枪。

这时候，莫利梭的眼光偶然落在那个盛满鲈鱼的网袋上面，那东西依然放在野草里，离他不过几步远。

一道日光使得那一堆还能够跳动的鱼闪出反光。于是一阵悲伤教他心酸了，尽管他极力镇定自己，眼眶里已经满是眼泪。

他结结巴巴地说：“永别了，索瓦日先生。”

索瓦日先生回答道：“永别了，莫利梭先生。”

他们互相握过手，不由自主地浑身发抖。

军官喊道："放！"

十二支枪同时响了。

索瓦日先生一下就向前扑倒下去，莫利梭个子高些，摇摆了一两下，才侧着倒在他伙伴身上，脸朝着天。鲜血从被打穿的制服前胸处涌了出来。

德国人又发了好些新的命令。

他的那些士兵都散了，随即带了些绳子和石头过来，把石头系在这两个死人的脚上；随后，士兵们把他们抬到了河边。瓦雷良山的炮声并没有停息，现在，山顶罩上了一座"烟山"。

两个士兵抬着莫利梭的头和脚，另外两个用同样的法子抬着索瓦日先生。

这两个尸身来回摇摆了一会儿，就被远远地扔出去了，先在空中划出一条曲线，随后如同站着似的往水里沉，石头拖着他们的脚先落进了水里。

河里的水溅起了，翻腾了，起了波纹，随后，又归于平静，细微的波浪一直漾到了岸边。

一点儿血浮起来了。

那位神色始终泰然的军官低声说："现在要轮到鱼了。"随后他重新向着房子那边走去。

忽然他望见野草里面那个盛满鲈鱼的网袋，于是拾起它仔细看了一会，他微笑了，高声喊道："威廉，来！"

一个系着白布围裙的士兵跑了过来。这个普鲁士人把这两个枪毙了的人钓来的东西扔给他，一面吩咐："趁这些鱼还活着，赶快给我炸一炸，味道一定很鲜美。"

随后，他又抽着他的烟斗了。

名师点拨

这篇小说中，作者意图反映其对普法战争的两种立场：揭露普鲁士侵略者的残暴，指责法国军队的无能，同时歌颂法国人民不畏强暴、反抗侵略者的爱国精神。

好词多积累

苟延残喘　梦寐不忘　蹂躏　饥馑　自相残杀　奸细　涟漪

佳句任你评

★秋天，傍晚的时候，那片被落日染得血红的天空，在水里投下了绯霞的倒影，染红了河身，地平线上像是着了火，两个朋友的脸儿也红得像火一样，那些在寒风里瑟瑟发抖的黄叶像是镀了金。

★一道日光使得那一堆还能够跳动的鱼闪出反光。于是一阵悲伤教他心酸了，尽管他极力镇定自己，眼眶里已经满是眼泪。

大家来思考

小说的结尾描写普鲁士军人命令士兵把两个枪毙了的人钓的鱼拿去弄了吃，这有何深层含义？

西蒙的爸爸（精读）

名师带你读

小西蒙没有爸爸，只和妈妈相依为命，因此受到了同学们的嘲笑。有一次，同学们又笑他，西蒙实在忍受不了了，与同学大打出手。西蒙伤心透了，他哭喊着跑到小河边，正好碰见铁匠菲利浦。西蒙请求菲利浦当他的爸爸，菲利浦会答应吗？

放学了。铁匠菲利浦忽然看见一个孩子，独自一个人跪伏在草丛里伤心地抽泣着。他赶忙走过去，把大手放在孩子的肩上，亲切地问道："什么事叫你这么伤心呀，朋友？"

孩子述说了自己不幸的遭遇。他只有七八岁，今天，他头一回上学，穿着一身整洁的衣服，面色苍白，神情羞怯地走出校门，准备回家。

名师批注

外貌描写，寥寥几笔，却包含丰富的信息："整洁的衣服"说明母亲把西蒙照顾得很好；"神情羞怯"说明西蒙与人交往很少，怕见陌生人。

这时，一群正在交头接耳的小学生，带着一种恶作剧的狡猾、残忍的眼光瞧着他，慢慢地凑了过去，把他围在中间。一个十四五岁的大孩子神气十足地问他："你叫什么？"

"我叫西蒙。"大孩子们毫不放松地追问着，"西蒙后面还得有点东西，光是西蒙？这不是一个姓。"小西蒙张口结舌地回答不上来，这些捣乱的孩子们都笑了。那个大孩子更得意，高声说："你们都看见了吧，他没有爸爸。"

知识链接

张口结舌：张着嘴说不出话来，形容理屈或害怕。

西蒙想要替自己辩解，可是找不出话来驳倒他没有爸爸这件可怕的事实。

孩子们很兴奋，嘻嘻哈哈地笑着。他们这些有爸爸的人，仿佛要用一种压力压垮西蒙，无情地嘲笑他、侮辱他。靠近西蒙身边的一个孩子，突然向他伸出了舌头，然后高声地叫着："没有爸爸！没有爸爸！"

> 名师批注
> 通过动作和语言描写，说明这群孩子缺乏良好的家教，同时也表现了西蒙的柔弱无助。

西蒙不顾一切地抓住了他的头发，咬他的脸，踢他的腿，两个人恶狠狠地打了起来。西蒙挨了打，身上青一块、红一块，倒在地上。他的衣服被撕破了。他挣扎着站了起来，掸了掸衣服上的土。这时，另一个孩子恶毒地向他喊道："去告诉你爸爸好了。"

西蒙一句话也答不上来，他明白自己真的没有爸爸。他们有爸爸，比自己强，他们赢了，自己输了。他尽量地忍住就要流下来的热泪，然而发自内心的悲痛控制了他，他浑身抽搐地大声呜咽起来。孩子们发出一阵残忍的笑声，围着他跳着、唱着："没有爸爸！没有爸爸！"

> 名师批注
> 细节描写，将西蒙内心的委屈和愤怒淋漓尽致地展现出来了。

西蒙发疯一样地拾起了石头，使劲朝这群坏蛋扔了过去。他的脸色如此可怕，孩子们害怕了，逃跑了。只剩下西蒙一个人，孤零零的。他朝着田野猛跑，想起一个星期以前，一个乞丐淹死的情景，他也想投河自杀。

> 名师批注
> 心理描写，符合小孩子遇到委屈就产生一些幼稚和极端念头的心理，真实可信。

天气是那么暖和。万物生机盎然地生长着。西蒙来到了河边，河水像镜子似的发亮。他低下头看见清清的河水里，几条小鱼欢快地游来游去。一只绿色的小青蛙跳了出来，一下子蹦到他的脚边。西蒙被吸引住了，他想捉住它，他轻轻地、聚精会神地扑了上去，可惜没有捉到。一次、二次、三次，他猛然间抓住了青蛙的两条后腿。小青蛙使足了劲儿，拼命地挣扎，可就是跑不掉。西蒙高兴得笑了，望着青蛙睁着的一双滚圆滚圆的大眼睛，两条后腿一伸一缩，前腿像两只手一样在空中舞动，真和家里的小水兵一上一下的动作差不多。他不由得想起了自己的玩具、自己的家和自己的妈妈，不由得跪在地下伤心地痛哭起来。

菲利浦微笑着听完孩子的叙述，认出了这就是布朗肖特大姐的儿子，笑着说："好啦，别难过了，我的孩子，跟我一起去找妈妈吧。你会有……会有一个爸爸的。”

菲利浦拉着孩子的手，来到一所很干净的白色小房子前面。孩子叫了一声：“妈妈！”一个年轻女人走了出来，神态严肃地站在门口。菲利浦看到布朗肖特大姐那张苍白而严肃的面孔，立刻明白了对她是不能开玩笑的，便捏着鸭舌帽，吞吞吐吐地说：“瞧，太太，我把孩子送来了，他在河边迷了路。”

名师批注：从菲利浦的角度侧面描写布朗肖特大姐的外貌和性格特征，暗示这个女人有很强的戒备心。

西蒙却天真地哭诉着：“不是迷路，妈妈，我想投河，因为别人打我……打我……因为我没有爸爸。”可怜的布朗肖特大姐羞得满脸通红，眼泪扑簌簌往下掉，她紧紧地搂抱住自己的孩子。铁匠站在那儿，不知怎样才好。

这时，西蒙挣脱了妈妈的怀抱，跑到菲利浦跟前问他：“您愿意当我的爸爸吗？您要是不愿意，我就再去投河。”

名师批注：西蒙的天真让人哭笑不得，推动了故事情节的发展。

布朗肖特大姐羞得无地自容，紧紧地倚在墙上，不知道怎样回答孩子的稚气要求。菲利浦却把这件事当作一个孩子的玩笑，顺口应道：“当然喽，我很愿意。”

西蒙伸出双臂，无限欣慰地说：“好！菲利浦，您是我的爸爸啦。”从此以后，菲利浦经常从布朗肖特大姐的房前经过。她对他始终是恭敬的、严肃的、谨慎和小心的，绝不和他说笑，也绝不让他走进家门。即便如此，地方上还是有些闲言闲语。

名师批注：此处交代了布朗肖特对男人依然保持高度警惕，说明她很自尊自爱。

至于西蒙，很爱他的“新爸爸”。菲利浦几乎每天陪着孩子一起散步，小西蒙勤奋学习，在同学中傲然独立，总不理会他们的挑逗。然而，事情并没有真正解决。

三个月后，正当菲利浦和四个伙伴兴奋地抡着铁锤锤打着通红的铁块时，西蒙又受到那些顽皮的孩子们的攻击。他们恶狠狠地对西蒙嚷着：“你说谎，你没有一个叫菲利浦的爸爸。”

“为什么没有？”西蒙惊讶地问着。

一个大孩子搓搓手，说：“因为你要是有，他就应该是你妈妈的丈夫。”西蒙在这个正当的理由面前愣住了。他低下了头，做梦似的来到炉火通红的铁匠铺里，拉住了菲利浦的袖子。打铁的声音停了下来，所有的人都望着他。西蒙用一种脆弱的声音说道："喂，菲利浦，刚才米舒德大婶的儿子对我说，您不完全是我的爸爸。"

"为什么？"菲利浦问。

孩子天真地答道："因为您不是我妈妈的丈夫。"

菲利浦一动不动地站着，两只大手扶着锤柄，额头靠在手背上，他在沉思。四个铁匠全停止了工作，他们静静地听着、想着。忽然，有一个铁匠开口了，对菲利浦说：

"这布朗肖特大姐仍旧是一个温柔而正经的姑娘，并且有勇气，虽然遇见过不幸的事，但是没有堕落，将来是可以做一个正经人的好妻子的。"

> 名师批注：语言描写说明铁匠们很赞成菲利浦和布朗肖特结婚。

"这是实在的，"另外三个人说。那个铁匠接着说道："这个姑娘失足过，难道是她的过错吗？别人以前是答应娶她的，并且那种在今天很被人尊敬而以前也做过同样事情的女人，我也不止认识一个。"

> 名师批注：其他铁匠的话语，侧面介绍了西蒙母亲的为人以及曾经的遭遇，这也促使菲利浦下定决心。

"这是实在的，"那三个齐声说。菲利浦俯下身对西蒙说："去跟你妈说，今晚我要去找她谈谈。"

随后，五把铁锤又欢快地敲打起来。菲利浦睁着一双热情的眼睛，他的锤声更响、更有力，一下一下地带着一阵震耳的巨响锤击着。

夜色降临，天空布满了星星。菲利浦穿着过节的新衣服，来到布朗肖特大姐家，请求她做自己的妻子。

西蒙已经躺在床上了。铁匠用自己那双有力的胳膊，把他高高地举了起来，并且高声地告诉他："你去告诉他们，你的同学们，说你的爸爸是铁匠菲利浦·勒米，倘若再有人来和你捣乱，我一定要揪他们的耳朵。"

> 名师批注：小说以菲利浦求婚成功、西蒙有了爸爸结尾，照应了开头。

第二天，小西蒙在班上用响亮的声音说："我的爸爸是铁匠菲利浦·勒米，他说倘若有人来和我捣乱，他一定要揪他们的耳朵。"

名师点拨

小说的明线写西蒙从最初因为没有爸爸而遭到同学的侮辱嘲笑，到最后终于找到了爸爸；暗线则写西蒙妈妈因为曾经失足而不敢轻易相信他人，但最终再次找到了幸福。其中细腻的心理描写，以及精致的谋篇布局，最为人称道。

好词多积累

抽泣　羞怯　神气十足　呜咽　扑簌簌　孤零零　生机盎然　聚精会神

佳句任你评

★西蒙不顾一切地抓住了他的头发，咬他的脸，踢他的腿，两个人恶狠狠地打了起来。西蒙挨了打，身上青一块、红一块，倒在地上。他的衣服被撕破了。他挣扎着站了起来，掸了掸衣服上的土。

★随后，五把铁锤又欢快地敲打起来。菲利浦睁着一双热情的眼睛，他的锤声更响、更有力，一下一下地带着一阵震耳的巨响锤击着。

大家来思考

当西蒙来到铁匠铺找菲利浦时，菲利浦的同事发表了许多对西蒙母亲的评论，这有何作用？

俊　友（精读）

名师带你读

杜洛阿学业不佳却生性机灵。他凭着胆大妄为、冷酷残忍的流氓性格，独闯巴黎，利用自己漂亮的外表和花言巧语，很快博得了上流社会女人的青睐。那么，他能实现自己飞黄腾达的梦想吗？

佐治·杜洛阿是个乡镇酒店老板的儿子，有着高高的不胖不瘦的身材，一头天然卷起的栗色头发，一双透着很小的瞳孔的浅蓝眼睛。他在法国驻非洲的殖民军中当了一个轻骑兵上士，身上挂着军刀，手里握着手枪，随时可以对阿拉伯人行凶暗杀，不但没有人追究反受到纵容。两年后服役期满，他来到巴黎，在一个铁路局当小职员。

名师批注

外貌描写，介绍故事的主角杜洛阿的外形特点，给读者留下初步印象。

他挺着腰杆在街上走着，用出众的军人姿态，捏着“像泡沫一样在嘴唇上卷起的胡须”，横冲直撞，用肩膀撞着别人，口里吹着种种快乐的小曲子，帽子偏在耳朵一边，鞋跟“当当”地踏着铺在街面上的石板。他每月收入很低，现在口袋里只剩下三个金法郎和四十个生丁来过本月最后两天的日子了。这个数目只够他吃两顿饱饭还不包括中午这顿。眼望着咖啡馆里各种颜色不同的甜酒，别人在里面大吃大喝，他真想抓住一个有钱的顾客，扭断这个人的脖子，搜出他口袋里的金币、银币来。这个酒店老板的儿子总觉得会有某种机遇使他升官发财。

名师批注

尽管此刻他很困窘，但他总怀有发财的野心。这为后文杜洛阿的发迹埋下伏笔。

果然好机会来了，他在歌剧院广场的拐角上，遇见了过去在军队里的伙伴管森林。管森林现在是《法兰西生活日报》政治新闻的主编，生活过得很优裕。他见杜洛阿的生活很艰难，便邀请他参加新闻工作，所得的报酬比他现在当职员高得多，并且邀杜洛阿第二天到他家吃晚饭，他将介绍杜洛阿和报馆总经理洼勒兑尔先生认识。

杜洛阿满口答应了，十分感激地说："你放心，我将来断不会忘记。"随后，管森林又借给他四十多个金法郎，他们一同到"牧人狂"游戏场玩了一阵子。在那儿，杜洛阿用管森林借给他的钱和妓女乐色儿混了一夜。

名师批注

语言描写，杜洛阿承诺不会忘恩与后文他背信弃义形成强烈反差。

第二天，杜洛阿生平第一次穿着租来的燕尾服到管森林家赴宴。他像演员似的在镜子跟前研究自己的表情动作，他微笑着做着各种手势，表现各种情感：惊讶、快乐、称赞，尤其注意在太太面前如何献殷勤。

管森林家的客厅里灯火辉煌，并且像花房一样摆满了花。杜洛阿是第一个客人，管森林的妻子玛德来因微笑着迎接他。在杜洛阿眼里，她是一个有着金黄色头发的俏皮妇人，她有一张不甚匀称但有诱惑力的脸和聪明可爱的风采。接着进来的客人是玛德来因的亲戚马莱勒太太，这是一个矮小活泼，善于打扮的女人。再后面进来了一位矮胖先生，胳臂上挽着一个美貌的高个儿妇人，原来这就是《法兰西生活日报》的总经理、金融家、众议院议员洼勒兑尔先生和他的太太。这以后又陆陆续续地来了些报社的名记者。

晚饭是精美的、丰盛的。洼勒兑尔先生的食量抵得过神魔故事里的夜叉。客人们谈论着新闻工作中的种种事情，杜洛阿一句话也插不上，他不时地望着身旁的马莱勒太太，她那丰满的胸部诱惑了他，一粒用金丝穿起的钻石像一滴快要滴在皮肤上的清水似的挂在耳坠子下边。

杜洛阿很想说话，希望引起别人的注意。当人们把话题转到阿尔及利亚殖民地时，他插嘴了。因为他在那里当过兵，他向客人们谈到了军队里的奇闻轶事，阿拉伯的风土人情，

名师批注

杜洛阿抓住机会适时表演了一番，为他的发迹成功地迈出了第一步，体现了他的精明和狡猾。

及时提供了“合乎时局”需要的资料，引起了在座所有人的注意。妇女都抬起头望着他，连埋头吃菜的洼勒兑尔也抬起眼镜来端详他，感到他“的确有一种独到的聪明”。管森林请求总经理洼勒兑尔先生接受杜洛阿到报社工作，洼勒兑尔便要杜洛阿写一组关于阿尔及利亚的报道试一试，并要求他在文章里写到殖民问题。洼勒兑尔太太给文章确定了一个吸引人的标题《一个非洲猎人的回忆》。

晚饭后，杜洛阿回到住处写《一个非洲猎人的回忆》。他本来不学无术，真不知怎样动笔。开始，他的思想怎样也集中不起来，也不知怎样开头才好。后来，他觉得无法用成文的语句来表达他所要说的内容，急得手心直冒汗，只好蒙头睡觉。

名师批注

此处交代了杜洛阿的真实背景，他是个不学无术的人，后来却在新闻业名声大噪，饱含深刻的讽刺意味。

第二天，他匆匆忙忙爬起来找管森林帮忙。管森林便指点他去找自己的妻子。于是在一间内客厅里，玛德来因一面抽着烟，一面口授，杜洛阿执笔，写完了这篇出色的《一个非洲猎人的回忆》。

第三天，以杜洛阿署名的文章在报上发表了，他在报社算是站住了脚，当了《法兰西生活日报》记者。他得意忘形，马上跑到铁路局去辞职。回来后，他又在一间小铺子里给自己印了许多名片。当他正式到报社上班时，管森林让他当一名采访记者，派他和报社最能干的记者“老法螺”一起去采访从中国和印度来的两位要人。

“老法螺”是一个脸色灰白、身体很胖的矮子，秃顶，顶门发着亮光，眼睛高度近视，写起字来，他的鼻子简直要碰到纸上。管森林交代杜洛阿好好向“老法螺”学习，可是“老法螺”带他到咖啡馆里喝茶聊天，东拉西扯地谈了许多隐私，根本没有采访什么人。回到报社，他竟然写出了和中国、印度要人的谈话纪要。

名师批注

运用简洁的文字塑造了一个相貌丑陋、不务正业的冒牌记者形象。

从这里，杜洛阿受到很大启发，学会了种种捏造和欺骗的手段，特别是他有“每天能预测老板的秘密念头”的本领。同时，他又利用记者身份广泛交游。不论阁员、将军、王公、警察、妓女、主教、看门老头、大使、车夫，他都和他们保持往来。仅仅两个多月他就熟悉了业务，练就了圆滑的处世手段和随机应变的本领，成了一个使人注意的访员，颇得洼勒兑尔老板的赏识。

尽管如此，杜洛阿一直苦恼着自己地位的平凡低下，他还没有爬到名利双收的高一级地位上去。这时，他想起了管森林曾经说过的一句话："一个人要成功得快一点，还得靠她们牵线。"他感觉到自己对于女性有一种"罕见的吸引力"，但是他还拿不准哪个妇女对他的前程有帮助，心里焦躁得像一匹被人锁住了脚的马。

名师批注 运用比喻的修辞手法，形象地展现了杜洛阿渴望获得女性帮助的焦急心情。

他想来想去，终于下定决心去访问马莱勒太太。她自称是一个喜欢"随随便便过日子"的女人，她的丈夫在北方铁路局当巡视员，每月只回巴黎住八天。杜洛阿看准了目标，装出一副不在意的样子去拜访她，对她百般温存讨好，殷勤笼络；马莱勒太太也专门设宴邀请他，并请管森林夫妇作陪。席间那些含义曲折的语言揭去了他们平时的假面具，行为极其放荡。这一晚，杜洛阿单独陪同马莱勒太太坐车回家时，大胆地把她勾搭上了。对于一个巴黎上流社会的有夫之妇，他仅仅靠自己美丽的相貌，就轻而易举地把她征服了。

杜洛阿借助马莱勒太太的势力跻入上流社会社交界的大门。他们俩不断地寻欢作乐，经常在杜洛阿的住处幽会。有一次，马莱勒太太上楼时撞倒了邻居家的一个孩子，遭到邻居的臭骂。于是她索性自己出钱在君士旦丁街一二七号租了一间房子，作为幽会的地点。马莱勒太太的女儿洛琳叫杜洛阿为"俊友"，从此，他便得了这个绰号，很快就被人们叫开了。当马莱勒先生回来时，杜洛阿就会乘空到"牧人狂"游戏场去找妓女乐色儿。这些女人，无论是上流社会的贵妇人，还是下等娼妓，杜洛阿都是需要的。

名师批注 此处交代了杜洛阿"俊友"这一绰号的由来，点明文章标题。

管森林的妻子玛德来因聪明伶俐，交游甚广，又有手腕，又有才华。对于一个想向高处爬的男人那是一个瑰宝。对她，杜洛阿早动过邪念。偏巧，管森林患着严重的气管炎，身体

名师批注

心理描写刻画了杜洛阿忘恩负义、自私自利的卑鄙形象。

日益衰弱。一次，杜洛阿没有按照他的意思把要采访的消息带回来，管森林生气了，骂了他几句。他火上心头，在离开管森林的时候，更想占有玛德来因，借此狠狠地进行报复。他心里不断地嘀咕着："你，我将来要羞辱你一番。"一个念头迅速地穿过脑子："我来给你戴顶绿帽子，老乡。"这个想法使他很开心。第二天，他走访了玛德来因。

他像对待马莱勒太太一样，单刀直入地向玛德来因表白自己的爱，不料她毫不动心，十分冷静。她根本不相信爱情，望着他说："亲爱的朋友，一个钟情的人在我心上是不列入活人数目之内的。"她不客气地指出："我知道爱情在您心上不过是另一种嗜欲。"所以她只愿意作为精神上的好朋友。杜洛阿碰了个软钉子，但是仍不死心，厚着脸皮对她说："倘若您失掉了配偶，我就先来登记。"

在玛德来因的指点下，杜洛阿为了在报社取得更多的好处，得到更高的地位，准备拜访《法兰西生活日报》总经理的夫人洼勒兑尔太太。他先花十来个金法郎买了二十来个好梨，装作是从远处运来的，连同名片送到经理家。第二天他收到了经理夫人的回信，告知每逢星期六均不出门，他就在她不出门的这天登门拜见了。女主人洼勒兑尔太太正在会客，阔太太们聚在她豪华而热闹的客厅里谈天说地。杜洛阿也插在其中，谈吐幽默而滑稽，太太们又惊讶又高兴。他走后，洼勒兑尔太太断言："我相信他一定会升得很快。"这次拜访的结果，他升了"本市要闻"的编辑部主任，收到了老板夫人请吃晚饭的请帖。

"本市要闻"的编辑部主任原来是一个有三十年经验的老记者担任的，他业务熟练，工作无可指责。然而他缺乏天生的狡猾，洼勒兑尔早就想换人。他要换一个机警活跃、狡猾勇敢、富于计谋并能随机应变的人，由这样的人在"本市要闻"栏传播消息、散布谣言，去影响读者，使《法兰西生活日报》在社会上扩大影响。现在，杜洛阿正是洼勒兑尔经过考察后选定的"宝贵的人才"。这件事使杜洛阿乐极了。晚宴

名师批注

此处"宝贵的人才"一语充满了讽刺意味，揭露了当时法国社会的虚假和黑暗。

上，他真的变成了一个很有气派的上流社会的人了。洼勒兑尔太太面带妩媚的微笑迎接他。他觉得什么都在对他微笑，一切都是温存妩媚的，他正在人生的阶梯上往上攀登。

第二年二月底，杜洛阿收到玛德来因的一封信，说管森林病危，请他赶去帮忙料理后事。他觉得这是个好机会，心情很愉快，匆匆忙忙地赶到迦恩，这时管森林已经奄奄一息了。过了两天，管森林死了。杜洛阿和玛德来因一起守灵，他迫不及待地问玛德来因，是否记得他所提出的盟约：管森林死了，由他来递补。他这样"匆忙"，完全是因为同她在一块儿，他会变得很强干和令人害怕，他觉得自己真会前程似锦。玛德来因的条件是"婚姻并不是一条链子，而是一种结合。我爱的是自由，凡是我的行为、我的举动和我的出入始终要完全自由。我不能原谅有什么监视、妒忌和讨论"。婚姻协议达成了。五月份他们结婚了。杜洛阿搬进了昔日管森林的府邸。

杜洛阿给自己起了一个有贵族头衔的名字：佐治·杜洛阿·德·冈对尔。新的崇高地位使他走起路来格外神气，额头抬得格外高，髭须翘得格外有力。

洼勒兑尔和他的同僚们在《法兰西生活日报》上发动了一场评论内阁的笔战。杜洛阿和妻子合作，写了关于摩洛哥的评论，攻击当前内阁。文章的辛辣语言，明确的见解，已经很有分量了，杜洛阿又添上几句，使得攻势更凌厉。再加上他善于使用的种种不顾信义的暗示性质的语言，文章获得了强烈的反响，人们骚动起来，众议员情绪紧张。洼勒兑尔亲自为执笔者的胜利庆贺，并请杜洛阿专任《法兰西生活日报》的"政治消息"编辑。

杜洛阿的事业蒸蒸日上，他心里不断地告诉自己："世界是归强有力者管辖的，应当做强有力者，应当超于一切之上。"他已经不满足于在报社的现有地位了。

名师批注

心理描写表现了杜洛阿的野心越来越大，推动了故事情节的发展。

这时，巴黎正举行武术比赛，老板娘洼勒兑尔太太要去观看，杜洛阿自告奋勇陪她前去。看武术比赛时，他竭力逢迎拍马，不时地望着洼勒兑尔太太射来的有点不安的温存而飘忽的目光，心里一亮，决定勾引她。虽然她已四十岁了，女儿也长得和她一般高，但是他认识到从她那里可以得到别处得不到的好处。

于是在第二天，他就赶到洼勒兑尔太太家吃晚饭，一进门就出奇地大胆，跪下向她求爱，用种种恭维和“看不见您，我是无法安心的”这类陈词滥调向她进攻。老板娘爱他，但是一种道德责任感使她内心感到很慌乱，拼命想从这种感情中挣脱出来。她到教堂祈祷，但杜洛阿仍跟着她继续在她耳边“情话绵绵”，她慌乱痛苦地对他说：“我请您别再陪着我，别跟着我，并且别单独到我家里来。分手吧！”杜洛阿望着她那副假正经的面孔，胸有成竹地、不慌不忙地吹着口哨走回报社。

名师批注

杜洛阿为了获得洼勒兑尔太太的帮助而极尽讨好之能事，可见其无耻。

报社正一片忙碌。因为法国在摩洛哥和西班牙战事的失利，屠朗总理和他的旧内阁被推翻了。麻乐奉命组织新内阁。《法兰西生活日报》的股东、投机家拉洛史出任外交部部长，洼勒兑尔老板成了国会议员，《法兰西生活日报》一跃成为官方的报纸。它的政治消息比哪一家都来得早，拉洛史是报纸的灵魂，杜洛阿成了他传话的工具。随着新内阁的组成，洼勒兑尔需要起草一篇宣言，指出部长们应走的路线，同时指示应在非洲问题上造舆论，杜洛阿心领神会，赶写出《从突尼斯城到丹日艾城》一文，以适应新内阁的需要。洼勒兑尔看完大加赞赏，连说：“这是完美无缺的，您是个宝贵的人才。我表示我的一切赞美。”这样一来，杜洛阿便直接插足政治了。玛德来因的客厅成了一个有权有势的人活动的中心，众议员、参议员、部长、将军都在那里聚会，甚至麻乐总理还在她家吃过两次饭。其中沃德雷克伯爵和拉洛史先生则是常客。

名师批注

此处交代了杜洛阿成功涉足政治的神奇经过，暗示了当时法国政治的腐朽和黑暗。

杜洛阿成了人人赞美、追逐的对象，洼勒兑尔太太完全屈服了。她托人送信给他，相约在蒙梭公园会面，杜洛阿借口人多，不费吹灰之力把她引到了他和马莱勒太太幽会的地点君士旦丁街，征服了第三个女人。

随着《法兰西生活日报》上升为内阁的代言机关，杜洛阿夫妇利用阿尔及利亚殖民地问题写了十来篇文章，领导了一场有利于新内阁的有声有色的笔战。洼勒兑尔暗中在摩洛哥经营着庞大的铜矿买卖和公债生意，外交部部长拉洛史则在杜洛阿家以主人自居，把他们夫妇当作自己的秘书。这一天，杜洛阿问外交部部长，法国是否会出兵阿尔及利亚，拉洛史干脆地回答他："不会。"分手后，杜洛阿却从老板娘口里知道了拉洛史和洼勒兑尔密谈出兵占领摩洛哥的消息，并且借给他一笔钱购买摩洛哥债券，从中可以赚取七万法郎的外快。杜洛阿仔细地听着、想着，高声骂着拉洛史："那个脏东西，正是我将来要扼住的那一个。贱骨头！他真应当小心火烛！他那副部长枯骨头将来逃不出我的手掌心！"

杜洛阿摩拳擦掌准备大干一场，新的争斗又要开始了。他气呼呼地回到家里的时候，知道有钱的沃德雷克伯爵患重病要死了，他没有继承人。杜洛阿想到妻子原是他的情人，便怂恿玛德来因去看他。杜洛阿跟她说："因为他总算是我们的好朋友。每星期，他到我们家里吃两顿饭，随时说来就来，把我们家看作他自己家一样。他像一个父亲那样爱你，而他没有家庭，没有儿女，没有弟兄姐妹，仅仅一个侄子，一个被他疏远了的侄子。他对于我们很应当有一种友谊的表示。"

> 名师批注
>
> 杜洛阿因为贪图沃德雷克伯爵的遗产而不择手段，用花言巧语怂恿自己的妻子去看望她的情人，令人汗颜。

果然，伯爵死后，把一百一十万法郎的遗产全部赠给玛德来因。这时，杜洛阿又以保护妻子名誉为由，要玛德来因用生前赠与的方式把遗产的一半分给自己，这样就可以封住别人的嘴，不会变成社会的笑柄了。这一回，连精明狡狯的玛德来因也屈从了，他们立刻让会计师办好分产手续，杜洛阿轻巧地夺走了妻子五十万法郎。归家途中，杜洛阿快活得像一个国王，而玛德来因也觉得他非常能干。当他们走到二楼平台上的镜子前时，杜洛阿在一种胜利的笑声中说道："这儿有两个家资百万的人经过。"

> 名师批注
>
> 杜洛阿轻易获得了大笔财富，所以他得意得像个"国王"，这与后文他发现自己"贫穷不堪"形成对比。

杜洛阿正在欢笑时，摩洛哥被法国派出的远征军征服了。拉洛史赚到了两千来万法郎，洼勒兑尔在公债上赚到了三四千万法郎，后者在摩洛哥经营的铜矿也大大赚钱。几天之内，洼勒兑尔成了世界最富有的金融资本家，力量比国王还要强，他花三百万买下了一所亲王的住宅，又用五十万收买了被誉为“本世纪神品”的《基督凌波图》。为了炫耀他的财富，他邀请全体上流社会的知名人士前来欣赏。他特意把图画陈列在住宅深处，这样每个参观者非穿过住宅的各处不可。面对洼勒兑尔，杜洛阿发现他刚得来的五十万法郎简直没有什么价值，和五千万富翁相比，自己是贫穷不堪的。

洼勒兑尔展览油画的那天，杜洛阿和玛德来因一进正门就被豪华的场面震住了，心里很妒忌，很不舒服。忽然有人抓住他的胳臂，用美妙的声音呼唤他，原来是洼勒兑尔的女儿西茶因·洼勒兑尔。她蓬着一头卷得像云一样的金黄色头发，有一双如蓝宝石样的眼睛，像一个美丽的洋娃娃，又像瓦多（法国名画家）的油画上的美女。杜洛阿看见了她，心头一亮，暗自想着：“倘若我以前真是精明能干，那么我想娶的可是这一位呀！”杜洛阿不断地盘算着自己应当怎样升官发财，一个念头在心里萌发：“那只需我和这个有血有肉的洋娃娃做夫妻。”

名师批注

运用多个比喻，强调了西茶因·洼勒兑尔的青春美丽，为杜洛阿对她进行欺骗埋下伏笔。

杜洛阿开始向西茶因“进攻”，私下和她约好：要她不要答应正在追求她的贾佐勒侯爵的亲事，要她等他三个月。在这期间他可以办好离婚手续，幼稚的西茶因有点惊慌，但答应了。

杜洛阿细心地监视着玛德来因的行动。自从沃德雷克伯爵去世后，拉洛史外长代替了伯爵的位置，经常在杜洛阿家里吃饭，像第二个户主那样差遣杜洛阿的仆人。最初，杜洛阿像一只想咬人又不敢下口的狗一样。现在他为了达到和妻子离婚的目的，事先探知了玛德来因和拉洛史在马尔底街幽会的地点。这天，他装作到洼勒兑尔家吃饭的样子，和蔼地吻别了妻子，然后和警官一起赶到了他们幽会的地点，当场揭发了奸情。这样一来，他打倒了外交部部长拉洛史，又冠冕堂皇地找到了和妻子离婚的理由，取得全盘胜利。一小时后，杜洛阿喜气洋洋地走进《法兰西生活日报》编辑部，写了一则本市要闻。他笑着告诉洼勒兑尔："和她做夫妻，我既不能获得地位，也不能受到尊敬。现在我扔掉了管森林留给我的这条蛀虫。我两只手解掉了束缚。我将来一定前程远大。"

名师批注

语言描写，再次刻画了杜洛阿薄情寡义的自私形象。

三个月后，离婚判决书公布了。当洼勒兑尔一家到海滨度假时，杜洛阿暗暗地指使西茶因，由她主动向父母提出嫁给他的愿望，如果遭到拒绝，夜半偷偷地逃走。这个想法激起了又天真又渴望冒险生活的姑娘的兴趣，她按照他的意图做了。果然，洼勒兑尔夫妇不同意女儿嫁给杜洛阿，反对最凶的是杜洛阿的老情妇——西茶因的母亲洼勒兑尔太太。于是半夜十二点三刻西茶因登上了等候在协和广场的马车，他们俩悄悄地离开巴黎到了塞因河畔的罗诗奇雍。

洼勒兑尔家可翻了天，西茶因要嫁"俊友"，洼勒兑尔太太精神错乱了，洼勒兑尔老翁怒不可遏地大骂杜洛阿。等到发现西茶因失踪了，洼勒兑尔无可奈何地说："那是已成定局啦，他扣住了她。我们都失败啦！"洼勒兑尔太太发出了绝望的狂吼："他！永远不成！"洼勒兑尔已经平静下来。他认为最好的办法还是把女儿嫁给杜洛阿。他从杜洛阿的拐骗行为里，看出了"这光棍居然是精明能干的，是个有前途的人。他将来是要做国会议员和部长的"。

杜洛阿和西茶因的结婚日子定在十月二十日，正是众议院复会之后。婚礼前，《法兰西生活日报》宣布杜洛阿·德·冈对尔男爵担任它的总编辑，洼勒兑尔先生保存着总经理的称号。报纸总编辑的婚姻也成了巴黎的新闻。结婚的日子，教堂在那条对着王宫街的高大台阶上铺了很宽的大红地毯。十一点一刻宾客都挤满了，女宾们的衣裙发出一种丝质品的窸窸窣窣的摩擦声，男宾们神气庄严，几乎全是秃顶的，走起路来带着上流社会的规矩气派。参加婚礼的人彼此打招呼，聚集成团。诗人伐仑看见了老朋友，他们一个说："好吧！前程是滑头们的！”另一个回答：“对他真好。他太成功了。”

名师批注

通过他人的语言侧面表现了当时社会的现状，即只有滑头才能获得成功。

阳光明媚，新婚夫妇跪在唱诗台上，正对着烛光明亮的祭台。洼勒兑尔太太掩面的哭泣声伴随着新任主教用上帝的名义给新婚夫妇的祝福声。母亲心里真想高声嚷道：“这个男人是属于我的，是我的情夫。这种正由您替他们祝福的婚姻是无耻的。”但是，当着来宾的面她不能。只听主教高声说道：“您，杜洛阿先生，您的才干真高出他人之上，您正为写作而工作，您正为教育而工作，您正为劝导而工作，您正为指挥人民而工作，您正担负一个有待完成的使命，您是一个好榜样！”杜洛阿被自命不凡的心理陶醉了，他觉得这些人，这些知名之士，这些祝福都是为了他。现在，他变成了世界主人翁之一，感到无边的幸福。整个教堂弥漫着荡气回肠的音乐。接着又有大歌剧院名演员的歌唱，香炉里喷出安息香的芬芳味儿，天神的宠爱使杜洛阿感激不尽。婚礼结束，他挽着新娘，宾客排成数不完的行列走来贺喜，忽然他望见了马莱勒太太，低声地对她说：“等会儿再见。”

名师批注

心理和场景描写，烘托出杜洛阿不断膨胀的自得情绪。

杜洛阿再抬起眼睛，望见了那边的众议院。是的，他现在还站在教堂的廊柱下边，但不久定会跳到众议院那一排廊柱下面去的。同时，他的眼睛透过两边观看的人墙，看到马莱勒太太的影子：她正对着镜子整理鬓角边那些起床之后散开了的浅头发。

名师点拨

小说描写了青年资产阶级骗子、冒险家杜洛阿利用种种无耻手段发迹的经过，通过他的发迹，作者不仅刻画了杜洛阿本人灵魂的卑鄙龌龊，还深刻地反映了当时法国政治的腐朽和黑暗。

好词多积累

横冲直撞　奇闻轶事　得意忘形　名利双收　聪明伶俐　随机应变
奄奄一息　蒸蒸日上　逢迎拍马　陈词滥调　摩拳擦掌　冠冕堂皇
喜气洋洋　窸窸窣窣　群情鼎沸　自命不凡

佳句任你评

★他挺着腰杆在街上走着，用出众的军人姿态，捏着“像泡沫一样在嘴唇上卷起的胡须”，横冲直撞，用肩膀撞着别人，口里吹着种种快乐的小曲子，帽子偏在耳朵一边，鞋跟“当当”地踏着铺在街面上的石板。

★客人们谈论着新闻工作中的种种事情，杜洛阿一句话也插不上，他不时地望着身旁的马莱勒太太，她那丰满的胸部诱惑了他，一粒用金丝穿起的钻石像一滴快要滴在皮肤上的清水似的挂在耳坠子下边。

大家来思考

整理一下杜洛阿的发迹史，看看他从饭都吃不饱的游民到一步步涉足政坛，使用了哪些手段？利用了哪些人？

珠　宝

名师带你读

一个公务员娶了一个美丽贤淑的妻子。妻子很爱他，对他非常忠贞。不过妻子有两个嗜好，一是去戏院看戏，二是摆弄假的珠宝。妻子死后，丈夫伤心极了，而且生活也变得窘迫了，不得不去当掉妻子的假珠宝。但没想到假珠宝件件都是真的，丈夫会怎么做呢？

自从郎丹先生在他的副科长家里的晚会上遇见了那个年轻女子，他就坠入情网。

那是一个去世好几年的外省税务局长的女儿。父亲死后，她和母亲到了巴黎，母亲时常和本区几个资产阶级人家往来，目的是要给年轻女儿找配偶。

母女俩都是贫穷而可敬的，安静而温和的。那年轻女儿像是一位贤妻良母的典范，聪明的青年男子是梦想把自己的生活托付给这种典型人物的。她那种带着含羞意味的美，具有一种纯洁风韵，那种绝不离开嘴角的无从察觉的微笑，像是她心灵的反映。

大家都赞美她。凡是认识她的人都不住地重复说："将来娶她的那一个真有福气。我们找不出更好的了。"

郎丹先生当时是内政部的一个主任科员，每年的薪水是三千五百金法郎，他向她求婚，娶了她。

最初和她在一块儿，他过着一种令人难以相信的幸福生活。她用一种那般巧妙的经济手腕治家，两个人好像过得很阔气。她对丈夫的温存、体贴，真是罕有的；并且她本身的诱惑力非常之大，以至于在他俩相遇六年之后，他爱她更甚于初期。

他仅仅责备她两个缺点：爱看戏和爱假的珠宝。

她的女朋友们（她认识三五个小官儿的妻子）随时替她找得到包厢去看流行的

戏，甚或去看那些初次上演的戏；而她呢，不管好歹总要拉着丈夫同去散心，不过他在整天工作之后，这类的散心事是教他感到疲乏的。于是他央求她跟着熟识的太太们去看戏并且由她们送她回家。她认为这种办法不大相宜，经过长久的时间不肯让步。最后，她由于体恤才答应了他，他因此对她十分感激。

谁知这种看戏的兴趣，不久就使她跟着喜爱打扮起来。她的衣着固然是朴素的，但式样始终非常雅致；而她幽娴的媚态，她不可抵抗的、谦逊的微笑，增添了一种新的风韵，但是她养成了习惯，爱给自己挂上一对冒充钻石的大颗儿莱茵石的耳环，并且戴上人造珍珠的项链、镀金的镯子、嵌着冒充宝石的五彩玻璃珠子的梳子。

这种喜欢假货的爱好引起了丈夫的不满，他时常说："亲爱的，一个人在没有办法为自己购买种种真的珠宝的时候，那么只能靠着自己的美貌和媚态来装饰了，这是举世无双的珍品。"

但是她从容地微笑着说："你教我怎样？我爱的是这个。这是我的毛病。我明明知道你的话很对，不过人是改变不了本性的。我当然更爱真的珠宝，我！"

于是她拿着珍珠项链在手指头儿之间转动，又教宝石棱角间的小切面闪闪发光，一面不断地说："赶紧瞧吧，这制造得真好，简直就像真的。"

他在微笑中高声说："你真有波希米女人的风趣。"

偶尔到晚上，他俩坐在火炉旁相伴的时候，她就在他俩喝茶的桌子上摆出她那只收藏郎丹先生所谓"劣货"的小羊皮匣子来；接着，她用热烈的专心态度细看那些人造的珠宝，好像这里面有说不出的、无穷的乐趣似的；最后，她固执地把一串项链绕在她丈夫的脖子上，随即不住地哈哈大笑起来，一面嚷着："你的样子真滑稽！"后来扑到他的怀里，并且兴奋过度地吻着他。

某一个冬天夜里，她到大歌剧院看戏，回家的时候冻得浑身发抖。第二天，她咳嗽了。八天之后，她害肺炎死了。

郎丹几乎跟着她到坟墓里去了。他伤心绝望得如此厉害，以至于在一个月之间头发全变成白的。他整天从早哭到晚，痛不欲生，亡妻的微笑、声音和一切娇憨姿态始终缠绕着他，光阴绝没有减少他的悲恸。每每在上班的时间里，同事们谈着点儿当日的事情，他们忽然看见他的腮帮子鼓起来，他的鼻子收缩起来，他的眼睛里满是眼泪，他做出一副苦相，随即开始痛哭起来。

他把他伴侣的卧房保留得原封不动，为了思念她，他每天把自己关在卧房里面；并且一切家具，甚至于她的衣着，也如同她去世那天的情形一般留在原来的地方。

不过生活对于他是困难的了。他的薪水，从前在他的妻子手里，够得应付一家的种种需要，而现在应付他一个人的用途反而变得不够了。后来他发呆地问自己：她从前用什么巧妙方法教他一直喝上等的酒和吃鲜美的东西，而当前他自己竟不能够依靠微薄的收入去备办从前的饮食。

他借过债，并且千方百计想法子弄钱。终于某天早上，他连一个铜子儿都没有了，而且和月底发薪的日子相距还有整整一周，他想起要卖掉一点儿东西了；接着，他立刻动了念头要把他妻子的"劣货"卖掉一点，因为他的内心深处，对于从前那些害得他生气的冒牌假货早已是怀着一种憎恨的。甚至于那些东西的影子，使他每天对他至爱至亲的亡妻的回忆，也多少损害了一点。

他在她遗留下来的那堆假货里找了许久，因为直到最后的那些日子里，她还始终固执地买进过许多，几乎每天晚上，她必定带回来一件新的东西，现在，他决定卖掉她最心爱的那串大项链，他认为它可以值六个或者八个法郎，那固然是假东西，不过做工非常考究。他把它搁在衣袋里，后来他沿着几条大街向他部里走，想找一家使他信得过的小珠宝店。

最后，他看见了一家就走进去了，因为如此表白自己的穷困而设法出卖一件很不值钱的物品，他有点儿难为情。"先生，"他对那商人说，"我很想知道您对这件小东西的估价。"

那个人接了东西，左看右看了好一阵，掂着它的轻重，拿起一枚放大镜，教他手下的店员过来，低声给他讲了几句，他把项链搁在柜台上边，试试从远处看的效果。

郎丹先生被这一套程序弄得不好意思，开口正预备说："唉！我知道这东西没有一点价值。"然而珠宝商人先说话了："先生，这值一万二千到一万五千金法郎；不过，倘若您能够正确地教我知道这东西的来源，我才能够收购它。"

那个丧偶的人睁着一双大眼睛并且一直张着嘴，他弄不清楚了。最后他结结巴巴地问："您说？……您可有把握。"另一个误解了他的惊讶，干脆地说："您可以到旁的地方问问，看看别人会不会出更多的钱。在我看来，顶多值一万五千金法郎。倘若您找不着更好的买主，将来您可以再来找我。"

郎丹先生简直成了傻子，他收回了自己的项链并且走了，他心里只模模糊糊觉得应该一个人好好地想一想。

然而一走出店门，他简直忍不住大笑了，他暗自说道："蠢货！唉！真是蠢货！

倘若我真的立刻就卖给他呢？可见那是一个不知道分辨真假的珠宝商人！”

后来他又走到另一家珠宝店里，地点正在和平街口上。那商人一看见那件珠宝就高声说：

“哈！不用多说，我认识这串项链；它是我店里卖出去的。”

郎丹先生被人弄得很糊涂，他问：

“它值多少？”

“先生，从前我卖了两万五千金法郎。倘若您能按照法律规定，必须说明您是如何得到它的，我可以立刻用一万八千金法郎收回来。”

这一次，郎丹先生由于诧异而呆呆地坐下了。他接着又说：“不过请您仔仔细细看一看这东西吧，先生，直到现在，我一直以为它是……假的。”

珠宝商人问：

“可愿意把尊姓大名告诉我，先生？”

“愿意，我姓郎丹，是内政部科员，住在舍身街 16 号。”

那商人打开了他的好些本账簿，寻了一阵就高声说道：

“这项链从前的确是送往郎丹太太家里去的，地点是舍身街 16 号，时间是 1876 年 7 月 20 日。”

后来这两个人都定住眼光彼此瞅着，科员吃惊得发昏，珠宝商人觉得遇见了一个小偷。

珠宝商人接着说：

“您可愿意暂时把这东西在我店里搁一天？我立刻给您一张收据。”

郎丹结结巴巴地说：“有什么不愿意，当然。”

后来他折起收据搁在自己口袋里就走出店门了。随后他穿过街心，朝着上坡道儿走，发现自己弄错了路线，又朝着杜勒里宫走下来，过了塞纳河，发现自己又走错了路，重新回到香榭丽舍大街，头脑里连一个主意也没有了。他极力去推测、去了解。他妻子从前原没有能力去买一件这样昂贵的东西。——没有，自然。——但是那么一来，那是一件馈赠品了！一件馈赠品！一件谁送给她的馈赠品？为的是什么？

他停住了脚步，立在大街当中不动了。他微微地感到骇人的疑问。——她？——那么其余所有的珠宝也全是馈赠品了！他觉得天旋地转，觉得一棵大树对着他正面倒下来，他张开一双胳膊并且失去知觉跌倒了。

他被路过的人抬到了一家药房里才醒过来。他请人送他回家，后来就关起门躲着。

一直到深夜，他始终神经错乱地哭着，口里咬着一块手帕，免得自己号啕大哭。随后，他疲劳而且悲恸地上了床，终于沉沉地睡着了。

一道日光照醒了他，后来他慢慢地起了床，正想到部里去。在那样一番精神打击之后再去工作是困难的。他考虑可以请求科长原谅，于是他写了信给科长。随后他想起自己应当再到珠宝店里去，然而一阵羞耻之心教他脸上发红。他思索了好半天，可是他不能把项链留在那个店家那里，他穿好了衣裳走到街上。

天气是和暖的，蔚蓝的晴空展开在这座充满了欢声笑语的城市顶上。好些闲逛的人双手插在口袋里向前走过去。

郎丹瞧着他们经过，一面对自己说："一个人有点儿财产的时候，真是舒服！有了钱，连伤心的事都可以摆脱，要到哪儿就到哪儿，旅行，散心，全做得到！哈！倘若我是一个富人！"

他发觉自己饿了，从前天夜晚起就没有吃过什么。不过他口袋是空的，于是他重新记起了项链。一万八千金法郎！一万八千金法郎！数目不小呀，那笔钱！

他走到和平街，开始在珠宝店对面的人行道上一来一往地散步。一万八千金法郎！他几乎有一二十次要走进店里去，只是羞耻之心始终阻住了他。

然而他饿了，很饿，而且没有一个铜子儿。他突然打定了主意，跑着穿过大街，教自己没有思索的时间，接着就扑到了珠宝店里。一下望见了他，那珠宝商人就忙个不住，满脸堆笑，赶紧端来一张椅子请他坐下。店员们本来在一旁望着郎丹，现在都自动地走过来，眼睛里面和嘴唇上面全露出快活的神气。

掌柜高声说道：

"我已经打听明白了，先生，倘若您始终没有改变主意，我可以立刻照我从前和您说起过的数目付钱。"

科员支吾地说：

"当然可以。"

掌柜从一个抽屉里取出十八张大钞票，数了一遍，交给郎丹。郎丹签了一张收条，然后用一只哆哆嗦嗦的手把钱搁在自己的口袋里。随后，正当走出去的时候，他又回转身来，向那个始终微笑的商人说道：

"我有……我有……许多旁的珠宝……那全是我从……那全是我从……同样的继承权得来的。您可愿意也从我手里收买那些东西吗？"

掌柜欠着身子说道：

“当然愿意，先生。”

一个店员为了放声大笑跑出了店门，另一个使劲用手帕擤着鼻涕。

镇静的郎丹脸色绯红，不过神情很沉着，他高声对掌柜说：“我就去把那些东西拿到您这儿来。”

于是他叫了一辆马车坐回去取那些珍贵的首饰。等到一小时之后赶到珠宝店里的时候，他还没有吃午饭。

他们着手一件一件地审查那些东西，估量每一件的价值。几乎全是从那家店里卖出去的。

郎丹呢，现在争论那些估定的价值了，以至于发脾气了，坚决地教店里把售货的账簿翻给他看，并且随着数字的增加，他说话的声音也愈来愈高了。

那些大的钻石耳坠共值两万金法郎，手镯共值三万五千金法郎，胸针、戒指和颈饰之类共值一万六千金法郎，一件用翡翠和蓝宝石镶成的首饰值一万四千金法郎，独粒大钻石悬在金项链底下做坠子的值四万金法郎，等等，全部的数目一共达到十九万六千金法郎。

掌柜用一种带嘲笑意味的正经态度高声说：“这是由一个把全部积蓄都搁在珠宝上面的人遗留下来的。”

郎丹郑重地发言了：

“这是存钱的一种方法，正和其他的方法一样。”

后来，他在和买主决定明天举行一次复验之后就走开了。

走到街上的时候，他瞧着旺多姆纪念柱，把它看成一根爬高竞赛的桅杆，很想攀到它的尖端。他觉得自己浑身轻松，可以跨过那座高入云端的大皇帝铜像的顶上表演“跳羊”的游戏。

他到伏瓦珊大饭店吃了午饭，并且喝了一瓶价值二十金法郎的葡萄酒。随后，他叫了一辆马车，在森林公园兜了一个圈子。他用一种颇为轻蔑的态度瞧着公园里的那些华丽的私人马车，恨不得要向着游人叫唤：“我现在也是富人了，我，我现在得了二十万金法郎！”

他想到部里了，于是教马车载了他到部里去，毅然决然走进他科长的办公室说道：

“我来向您辞职，先生。我现在得了一份三十万金法郎的遗产。”

他和他旧有的同事们握过手，又把自己的新生活计划告诉了他们；随后他在英吉利咖啡馆吃晚餐。

一个被他看作出众的绅士正坐在旁边，郎丹忍不住要炫耀一下，要把事情告诉他，于是用一种相当卖弄的姿态说自己新近继承了四十万金法郎遗产。

他第一次在戏院里感到不厌烦，后来又和女孩子们过了夜。

半年之后，他续娶了。他的第二个妻子是个很正派的人，但是脾气不好，她使他很感痛苦。

名师点拨

莫泊桑化平淡为新奇，写出了这篇真真假假，以假衬真的故事，而且剖析了人物的灵魂，令人读了“啼笑皆非”，慨叹不已。

好词多积累

贤妻良母　体恤　幽娴　举世无双　悲恸　模模糊糊
神经错乱　绯红

佳句任你评

★郎丹几乎跟着她到坟墓里去了。他伤心绝望得如此厉害，以至于在一个月之间头发全变成白的。他整天从早哭到晚，痛不欲生，亡妻的微笑、声音和一切娇憨姿态始终缠绕着他，光阴绝没有减少他的悲恸。

★走到街上的时候，他瞧着旺多姆纪念柱，把它看成一根爬高竞赛的桅杆，很想攀到它的尖端。他觉得自己浑身轻松，可以跨过那座高入云端的大皇帝铜像的顶上表演“跳羊”的游戏。

大家来思考

当郎丹先生发现亡妻遗留下的那些珠宝都是真品时，他居然晕过去了，这说明了什么？

一　家　人（精读）

名师带你读

卡拉望先生的母亲，一位吝啬多病的老太太。一天晚上吃饭时，卡拉望先生的女儿发现奶奶在二楼昏了过去，“经验丰富”的舍奈“大夫”判定老太太死了。于是卡拉望夫妇准备办理老人的后事，并谋划在卡拉望妹妹来之前先抢占一些财产。可是令人意外的是，卡拉望的母亲居然“复活”了……

开往纳伊的市内小火车过了马约门，正沿着林荫大道向塞纳河码头驶去。小车头拉着一节车厢，鸣着汽笛驱开挡路的车辆和行人。它直喷蒸汽，像一个人在急速奔跑，上气不接下气，呼哧呼哧喘个不停。它的活塞里发出快节奏的响声，好似火车的铁腿在跑动。夏天傍晚的闷热笼罩着大道，虽然没有一丝风，路面上却扬起粉笔灰似的白色尘土，浓厚、呛人而且热烘烘的，还黏附在人的皮肤上，迷住人的眼，甚至钻进人的五脏六腑。

> **名师批注**
> 将喷着蒸汽的火车比喻为急速奔跑、呼哧喘气的人，形象生动。

家家户户的门口，都有出来透透气的居民。

车上的玻璃窗都大敞着，车速很快，窗帘在疾风中飘扬。车厢里的乘客寥寥无几，因为天气闷热，大多数乘客都爱待在顶层和车厢外的平台上。一部分乘客是打扮得俗里俗气的胖太太，属于住在郊区的小市民，就靠装腔作势来代替自身所缺乏的高雅气质。另一部分乘客是腻烦了办公室生涯的公务员，由于长期伏案工作，脸色蜡黄，腰弯背驼，肩膀一边高一边低。他们愁苦憔悴的面容，表明他们上有老下有小，负担沉重，经济拮据；也表明他们早年的希望已经彻底破灭，如今加入衣衫破旧的穷人行列。他们在巴黎边缘当垃圾场用的田野安家，住在刷了白灰的破房子里，门口一块花坛就算是自家的花园，日子嘛，当然是省吃俭用，过得紧巴巴的。

紧挨车门，坐着一个矮矮胖胖的男子。他身材臃肿，大腹便便，穿一身黑色服装，佩戴着勋章绶带，正在同一个身材瘦长的人聊天。此人不修边幅，穿一套脏乎乎的白色斜纹布服装，戴一顶旧兮兮的巴拿马草帽。那矮胖子说话慢吞吞的，有时真像个结巴，他是海军部主任科员卡拉望先生。那瘦高个从前在船上当卫生员，后来在古尔博瓦圆形广场附近定居，利用他漂泊了一生之后仅余的那点浅薄的医学知识，给当地穷老百姓治病糊口。他姓舍奈，要人家称呼他“大夫”。关于他的为人品行，当地颇有不少流言蜚语。

名师批注

通过细致的外貌描写，读者可知：卡拉望的特征是“矮、胖、结巴”，舍奈的特征是“瘦长、不修边幅、医术不精、品行不端”。

卡拉望先生一直过着公务员循规蹈矩的生活。三十年来，他天天早晨去办公室上班，走的是同一条路，在同一个时间，同一个地点，遇上同一批上班族，傍晚下班，还是走同一条路，遇上同一批眼见着日渐衰老的面孔。

每天早晨，他在圣奥诺雷区的大街口，花一个苏买一份报纸，再买两个小面包，然后走进部里大楼，那神态就像一个投案自首的罪犯。他急匆匆地赶到办公室，心里惶惶不安，总是担心自己的工作有什么疏忽而受到斥责。

他这种单调的生活，从来没有发生过什么变化，因为除了办公室里的事务，除了升级与奖金，他什么都不关心。从前，他就不在乎嫁妆，娶了一位同事的女儿。长期以来，他不论是在部里还是在家里，都只谈论公务。他那点脑子，早已在办公室枯燥的日常事务中萎缩了，如今除了与部里有关的事情，他再也没有其他的计划、希望与梦想了。

名师批注

长期单调的机关职员生活，让卡拉望失去了生机和活力，成为工作的奴隶。

不过，虽然他对自己的公务员生涯知足常乐，但总掺杂着一种扫兴的苦涩感，那是因为一些海军军需官，军装上有几杠白条纹，被人称为“白铁匠”，光凭这一点，一调进部里就当上副科长或科长，对此，他与妻子都愤愤不平。每天吃晚饭的时候，他就大发议论，列出种种理由，证明将巴黎的官职如此轻易地给了那些本应航行在海上的人，无论从哪个角度来说，都是极不公平的。

韶光易逝，不知不觉中，他已经老了。早年，自打出了校门，就直接进了衙门，他在学校里见了学监就发抖，后来换成了他见到上司就怕得要命。他只要一到那些办公室暴君的门口，就浑身直打哆嗦。由于长期处于这种惶恐不安的状态，他也就形成了猥琐可笑的举止习惯，见了人就局促不安、低声下气，说起话来结结巴巴，他对巴黎的了解少得可怜，不比那个每天由狗领到同一个门檐上乞讨的瞎子知道得多。他从小报上，也读到一些社会消息与桃色新闻，但认为纯系杜撰，是专供小职员消遣解闷的。他一贯奉公守法，是一个没有鲜明观点的保守派，但对“新事物”还是有强烈憎恨的。凡是报上的政治新闻，他一概跳过不看。不过，话得说回来，那份小报在这方面进行报道时，总要为了某一方收买者的需要而歪曲事实。每天傍晚，他沿着香榭丽舍大街步行回家，望着熙熙攘攘的行人与川流不息的车马，那神情就像一个来自遥远国度的异乡旅客。

这一年，卡拉望先生按规定服务三十年的期限满了。一月一日那天，他因此而得了一枚荣誉团勋章。须知，在这种军事化的机关里，那些被缚在绿皮卷宗上的公文奴隶，经过长期悲惨的苦役，也就是“竭诚效力”之后，就会获得此种奖赏。这一出乎他意料的荣誉，使他对自己的才干刮目相看，同时也彻底改变了他的日常习惯。从那以后，他不再穿杂色的裤子和不伦不类的上装，而换上黑色的礼服与裤子，这样才跟勋章宽宽的绶带般配，相得益彰。与此同时，他每天早晨都要刮脸，仔仔细细地修指甲，隔一天就换一件衬衫。总之，眨眼之间，卡拉望就像换了一个人，衣着整洁，神气十

知识链接

相得益彰：相互帮助，互相补充，更能显出各自的好处。

足但又平易谦和，而所有这一切，他都是出于对国家“勋位团”的尊重，出于一种合情合理的团体精神，要知道，他本人就是这团体中的一员呀！

他在家里，总喜欢把“我的勋章”挂在嘴边。他这种自豪感极度膨胀，甚至不能容忍别人在扣眼上挂任何别的勋章，见了外国勋章更是火冒三丈，他认为：“根本就不应该允许他们在法国佩戴出来。”他特别反感每天傍晚在小火车上遇见的舍奈“大夫”，此人居然也总是挂着一种勋章绶带，白不白蓝不蓝、黄不黄绿不绿的，说不上是个什么玩意儿。

从凯旋门到纳伊这一段路，他们两人交谈的话题大同小异。这一天与往常一样，先是谈论本地区的种种弊端，对所有这些，他俩都甚为憎恶，但区长熟视无睹，不闻不问。接着，卡拉望把话题转到疾病方面来。与医生结伴同行，这是自然而然的，他指望在闲聊中能免费得些指点，只要不着痕迹，问得巧妙，说不定等于得到一次诊断。何况，他近来很替他母亲的健康状况担心。她时常昏厥过去，隔许久才苏醒过来。她年已九旬，偏又不肯求医就诊。

名师批注

由此可知，卡拉望还有爱占小便宜的性格特点。

母亲垂垂老矣，卡拉望一说起就要大动感情，他一再对舍奈“大夫”说：“您能经常见到这么高寿的人吗？”说着，就喜滋滋地搓搓双手，这倒不见得是他希望老母亲永远活在世上，而是因为他母亲的长寿，也是他本人将长寿的预兆。

他接着说：“哈哈，我们家的人都长寿，因此，我敢肯定，如果不出意外，我会活很长时间。”

老卫生员向身边的这位伙伴投去怜悯的一瞥，再打量打量对方红光满面的脸，肥嘟嘟的脖子，垂在两条肉乎乎大腿上的大肚子，还有那容易中风的圆滚滚的体型，然后掀了掀扣在头上的那顶巴拿马草帽，嘿嘿地一笑，回答说：“老兄，不见得吧，令堂身体干瘦干瘦，而您却胖得像个皮球。”卡拉望窘得发慌，便一声不吭了。这时，小火车到站了。两个同伴下了车。舍奈先生提议到对面他俩常去的那家环球咖啡馆去，请卡拉望喝一杯苦艾酒。老板跟他们挺熟，隔着柜台上的酒瓶伸出两根手指，他们握了握，然后走过去，瞧瞧从中午起就一直在那里玩多米诺骨牌的三个牌友。大家彼此热烈地互致问候，又少不了打听打听“有何新闻”。然后，牌迷们继续玩牌。待这两位告辞时，他们头也不抬，只把手伸过来，他俩握了手，就各自回家吃晚饭了。

卡拉望住在古尔博瓦广场附近的一所三层小楼里，楼下开了一家理发店。

他的住宅里有两间卧房、一间饭厅和一个厨房，几把修理过的椅子要按需要在几个房间里搬来搬去。卡拉望太太的时间几乎都花在打扫房间上。十二岁的女儿玛丽·路易丝与九岁的儿子菲利浦·奥古斯特，则整天在街边的泥坑里，跟本街区的顽童嬉闹玩耍。

卡拉望的母亲被安置在楼上。她在附近这一带以小气而出名，而她本人又精瘦精瘦的，所以有人说，上帝把他老人家自己精打细算的原则全都用在她身上了。她脾气很坏，没有一天不跟人吵架、不大发雷霆的。她从窗里大骂站在自家门前的邻居，大骂蔬菜贩子、清道夫与孩子。孩子们为了报复，就在她出门的时候，远远跟随其后，高声叫喊：“老——妖——精，老——妖——精！”

家里雇了一个女仆，专干家务活。她是个矮小的诺曼底人，粗心大意得令人难以置信。她睡在三楼，就在老太太的旁边，以防老人有三长两短。

卡拉望回到家中时，他那有洁癖的妻子，正在用一块法兰绒擦拭那几把散放在空荡荡的屋里的红木椅子。她总是戴着手套，头上扣着一顶便帽，缀在帽子上的五颜六色的缎带，时时滑落到一侧耳朵上。她老是打蜡呀、擦拭呀、洗呀、刷呀，每逢被人撞见时，就总是这么说：“我不是有钱人，我家里的陈设很简单，我的奢华就是洁净，这可不亚于其他种类的奢华。”

她生来就是个务实的人，而且固执己见，在大的事情上，都是她向丈夫发号施令。每天晚上，先是在饭桌上，而后又

名师批注

此处总结了夫妻两人的关系，卡拉望生性软弱，毫无主见，而他的妻子非常务实，固执己见。他们的共同关注点是卡拉望的仕途。

在床上，他们都要喋喋不休地议论办公室的事。虽然丈夫比妻子大二十岁，但是如同向神父忏悔一样，什么事都告诉她，还得遵照她的意见去为人处世。

卡拉望太太从来就没有漂亮过，她原本又矮小又干瘦，现在更称得上是丑陋了。这也怪她不会打扮，如果穿戴得体，她那点很有限的女性特征，也可以巧妙地有所凸显，然而现在却被她自己的不当弄得不见踪影。她的裙子总是穿歪了，扭向一边。她还爱在身上东抓抓西挠挠，不管是什么地方，也不管是什么场合，这种习惯已经成为一种怪癖。在家里，她通常戴着一顶软帽，帽上缀着一大簇丝绸彩带，她觉得这是唯一适合她的打扮，自认为这样很美。

一瞧见丈夫回来，她立刻站起来，亲了亲他，说："亲爱的，你还想去波坦百货店吗？"他原本答应过妻子到那店里为她办一件事，这是第四次忘得一干二净了。妻子一问，他简直就吓坏了，一下子就倒在椅子上。他说："太糟了，这件事我惦记了一整天，可是没有用，一到后来还是忘掉了。"看他的确是一副很难过的样子，妻子就安慰道："你明天别忘记就是了。怎么，部里没有什么新闻吗？"

"怎么会没有呢？又有一个'白铁匠'被任命为副科长了。"

他妻子的神情猛然一下肃穆起来："是哪一科？"

"国外采购科。"

妻子立即就火了："这么说，是接替拉蒙的职位吗？这正是我想要你得到的位子。拉蒙呢？他退休了吗？"

名师批注

通过语言描写，表现了妻子对卡拉望升迁的高度关注。

卡拉望讷讷地答道："他退了。"

妻子火冒三丈，头上的软帽滑到了肩头上，她愤怒地说："完了，瞧吧，这个鬼地方，现在一点指望也没有了。你说的那个军需官姓什么？"

"博纳索。"

她把存放在手边的海军年鉴拿过来一查，念道："博纳索，上校。1851 年生。1871 年任见习军需官，1875 年任助理军需官。"

“他出过海吗？”

卡拉望听此一问，愤愤的情绪消释了，笑意骤然而生，直乐到心坎里去了。他答道：“同巴兰一样，同他的上司巴兰完全一样。”接着，放声笑了起来，讲起他那个部的人都觉得妙不可言的笑话：“派他俩去视察黎明军港，千万别走水路，他们即使乘小火轮，也会晕船的。”

他的妻子仍然板着脸，对这个笑话似乎充耳不闻。过了片刻，她慢吞吞地搔着下巴，喃喃道：“要是认识一个议员就好了，一旦议会了解部里发生的这一切，部长非下台不可……”

从楼梯口传来一阵吵闹声，打断了她的话。玛丽·路易丝与菲利浦·奥古斯特从街上的泥坑里回来了。姐弟俩每上一级台阶，都要你打我一个耳光，我踢你一脚。母亲大为恼火，冲了过去，抓住两人的胳膊，使劲摇晃，一把将他们推进屋里。

名师批注

通过动作描写，突出了卡拉望妻子的愤怒和暴躁。

两个孩子一见父亲，立即就扑了上去。父亲慈爱地搂着他们亲了亲，然后，让他们坐在他的膝上，跟他们谈心。

菲利浦·奥古斯特是个丑孩子，头发蓬松，像堆乱草，从头到脚都脏乎乎的，而且一脸傻相。玛丽·路易丝长得像母亲，说话也像母亲，爱重复她的话，甚至还模仿她的手势。小姑娘也这么发问：“部里有什么新闻吗？”而做父亲的，则快快活活地答道：“有啊，你的朋友拉蒙，也就是每月都来吃饭的那位先生，很快就要离开咱们了，有位新任副科长要接替他的职位。”小女孩抬眼看了看父亲，以早熟孩子那种同情的口吻说：“这么说，又有一个人踩着你的后背爬上去了。”父亲收起笑容，未作回答，接着就岔开话题，问正在擦玻璃窗的妻子：“妈在楼上好吗？”

名师批注

由女儿的话可知，卡拉望的仕途是家里经常谈论的话题，还表明卡拉望很久没有得到升迁。

卡拉望太太停下来，转过身去，把滑到背上的软帽扶正，嘴唇颤动着说：“哼！好吧，咱们来谈谈你妈吧，她可真给了我个好瞧的！你想想看，理发匠的老婆勒博丹太太，上楼来找我借一包淀粉，正巧那时我出去了，你妈就骂人家是‘要饭的’，把人家撵走了。我回来就把老太婆狠狠说了一顿。她跟往常一样，别人一说到她的不是，就装聋作哑，其实她不见得比我耳背，是不是？她那是在装蒜。我这么讲是有根据的。她当时什么话都不说，立刻就赌气上楼回自己房间去了。”

卡拉望甚为尴尬，沉默不语。这时，女仆跑来通知饭已准备好了。于是，卡拉望拿起藏在墙角的一根扫帚把，往天花板上捅了三下，通知老母下楼就餐。然后，大家来到饭厅里，卡拉望太太把汤分好，等老太太下来。可是，等到汤都凉了，还不见老太太下来，他们就只好先慢慢吃了起来。每人的汤喝完了，他们又等。卡拉望太太一不耐烦，就真的火了，便拿丈夫撒气：“你瞧瞧，她是在成心闹别扭，可你老是偏袒她。”卡拉望左右为难，没有办法，于是打发玛丽·路易丝去请奶奶，自己则垂着目光，坐在那里没有动。他的妻子则气鼓鼓地用餐刀的尖端，不断敲打着酒杯的杯脚。

门突然打开，只有小女孩一个人跑回来，脸色煞白，惊慌失措地说：“奶奶倒在地上啦！”

卡拉望一下蹦了起来，把餐巾往桌上一扔，跑了出去，楼梯上响起了他“嗵、嗵、嗵”的脚步声。他太太认定婆婆是在玩花招，轻蔑地耸耸肩，慢吞吞地跟着上楼。

名师批注

这一连串的动作描写，表现了卡拉望的焦虑和担忧。

老太太直挺挺地趴在房间中央。儿子将她的身子翻过来，只见她那张面孔毫无知觉，没有表情，皮肤发黄，遍布皱纹，双目紧闭，牙关紧咬，一动也不动，那干瘦的躯体已经僵硬了。

卡拉望跪在她身边，呜咽着：“我可怜的妈妈呀！我可怜的妈妈呀！”

但是，他的妻子端详了一会儿，蛮有把握地说：“得啦，没有什么事，又是昏过去了。不用说，就是不想让我们吃晚饭！”

夫妇俩把老太太抬到床上，脱掉衣服，再加上女仆，一齐给她按摩，费了半天的劲，仍不见她苏醒过来。于是，他们便打发女仆去请舍奈“大夫”。他住在河边，靠近苏雷恩，路很远，等了好久，他才赶到。他检查了一番，拍了拍老太太，大声宣称：“人不行了！”

卡拉望扑到母亲身上，号啕大哭，哭得全身直发抖。他拼命吻母亲僵硬的脸，大颗大颗的眼泪，像下雨一样纷纷落在母亲的脸上。

卡拉望太太的悲痛发作得适度而又得体，她站立在丈夫的身后，轻声地哭泣，用手揉着眼睛。

卡拉望的脸肿胀得更大了，稀疏的头发也全乱了，悲痛欲绝使得他的面相显得十分丑陋。他猛然站起来，说：“真的……大夫，您有把握……您绝对有把握吗？”

名师批注

通过对卡拉望面部的描写，极力表现卡拉望的哀痛之情。

舍奈“大夫”连忙走过去，以行家里手的熟练动作摆弄着尸体，就像商贩夸耀自家的货物一样，说道：“喏，老兄，你瞧瞧这眼珠嘛。”他翻开老太婆的眼皮，手指下露出的那颗眼珠，看上去并无变化，只不过瞳孔好像大了一点儿。

卡拉望心如刀割，吓得浑身发软。舍奈“大夫”先抓起老太婆的胳膊，用力掰开她的手指，就像面对一个抬杠者那样气冲冲地对卡拉望说：“您自己瞧瞧这只手嘛，尽管放心吧，我是绝对不会看走眼的。”

卡拉望又扑到床上打滚，哭得像牛在哀号。这当儿，他妻子一边装作仍在啜泣，一边料理她该做的事。她将床头柜挪过来，铺上一块台布，放上四根蜡烛，点着以后，又从壁炉台上取下吊在镜子后面的一根黄杨树枝，搁在四根蜡烛之间的一个盘子里。没有圣水怎么办，盛满在盘子的清水就算是吧。她略微考虑了一下之后，又捏了一小撮盐放进清水里。毫无疑问，她以为如此这般，就算是完成了临终法事。

她布置了灵堂之后，就站在那里不动了。舍奈“大夫”帮她摆这摆那安排停当后，低声提醒她说：“应当把卡拉望先生拉开。”她点头同意，走到一直跪在那里痛哭的丈夫身边，同舍奈“大夫”一人架一只胳膊，将他搀扶起来。

两人先扶他坐在椅子上。妻子吻了吻他的额头，便开导起他来。舍奈“大夫”也在旁边帮腔。他们劝他要认从天命，要节哀自持，要坚强振作，殊不知他们的劝解，正是大悲大痛的人难以接受的。于是，这两人又重新搀起他，把他领出去。

他像一个胖孩子一样，抽抽噎噎，浑身绵软，双臂耷拉着，两腿无力。他跟着他们走下楼，却浑然不知自己在做什么，只是机械地迈着脚步。

他们扶他坐在他平日吃饭坐的那把椅子上，餐桌上还放着几乎空了的汤盆，汤匙仍浸在汤里。他坐在扶手椅上一动也不动，眼睛直勾勾地盯着酒杯，脑子里一片空白。

卡拉望太太在角落里跟舍奈“大夫”谈话，打听该办哪些手续，了解办丧事方方面面的事情。舍奈“大夫”好像还在期待着什么，最后他抓起帽子，说他还没有吃晚饭，行了个礼表示要走。卡拉望太太高声地表示意外：“怎么，您还没有吃晚饭吗？那就留下来，留在这里吃吧！有什么吃什么，不必客气，您知道，我们家从来都吃得很简单。”

名师批注：舍奈准备离开的这一细节，为下文“吃饭”的情节做了铺垫。

舍奈“大夫”婉言推辞，卡拉望太太执意留客：“您这是为什么呢？请您还是留下来吧。在这种时刻，有朋友在身边，真是万幸；再说，您劝劝我丈夫，他也许会吃点东西，他真需要补充补充，恢复点气力才行啊。”

舍奈“大夫”躬身从命，把帽子放回家具上，答道：“既然如此，太太，我就只好领情啦。”

卡拉望太太向吓昏了头的女仆吩咐了一番，自己也坐到餐桌前，说是要“陪陪大夫”，自己“装装样子，也得吃点东西”。

他们把已经凉了的剩汤都喝掉了，舍奈先生还添了一次。接着，端上来一盘里昂风味的牛肚，散发着一股洋葱的香味，卡拉望太太也决定尝一尝。舍奈“大夫”赞道：“好吃极了。”主妇笑了笑说：“是不错吧？”然后扭头对丈夫说：“你也吃点吧，我可怜的阿弗雷特，哪怕只是垫垫肚子也得吃点呀，想想吧，你还得熬夜呢！”

卡拉望驯服地把餐盘拿过来，开始吃了，现在，他凡事顺从，既不抵制也不思考，即使是让他上床去睡，他也会听命照办的。

舍奈“大夫”自己动手，往自己盘子里添了三次；卡拉望太太也不时用叉子叉一块牛肚，装出心不在焉的样子吃下去。接着又上了满满一盆通心粉，舍奈“大夫”再次喃喃赞道：“哟，这真是好东西！”这回，卡拉望太太给每人都足足分了一份，连小孩的盘子里也都盛满了。两个孩子就搅和着往嘴里塞，有时趁人不注意，还偷喝原汁葡萄酒，并且在桌子底下互相踢脚。

> 名师批注
> 餐桌上各人的表现说明了他们对老太太之死的冷漠。

舍奈“大夫”突然想起罗西尼喜爱意大利通心粉，没头没脑来了这么一句：“嘀，还挺押韵的呢，可以写一首诗嘛，就这么开头好了：罗西尼这音乐家爱吃通心粉……”

谁也没注意他在说什么。卡拉望太太忽然间心事重重，她在考虑这次突发事故会引起哪些后果。

她丈夫则把面包一块块揪下来，搓成一个个小面团，摆在餐桌上，然后两眼死死地盯着，全然一副白痴的神情。他觉得嗓子眼里干得火辣辣的，于是，一次又一次地把斟得满满的葡萄酒一饮而光。他的脑子经受了这场打击，本来就已经是乱糟糟的，现在更是想不起任何事情，就像昏昏欲睡之时飘飘然的那种感觉。

舍奈“大夫”不再客气了，喝起酒来像个无底洞，他显然已经醉了。卡拉望太太经过这一阵子神经紧张之后，不免焦躁不安、心烦意乱，虽然只喝了些清水，却也感到脑袋晕晕乎乎了。

舍奈“大夫”闲聊起几户人家死了人的情况，在他看来，那都很不近人情。因为在巴黎郊区，住的全是外省人，他们还保留了乡下人对死者的那种冷漠的态度，即使死的是自己的亲爹亲娘。固然，在乡下人中，这种对死者的不敬、这种自己也没有意识到的冷酷无情，是极为常见、不足为奇的，但在巴黎就罕见了。他说道：“喏，我就碰上了，上周，普托街有户人家来请我，我连忙赶去，一看，病人已经咽气了。可是，家属们却在床榻旁边喝茴香酒，那是头天晚上专为临终病人买来给他过瘾的，这一家子人还非得从从容容喝光这一瓶才肯罢休。”

> 名师批注
> 舍奈说的这番话极具讽刺意味，卡拉望这一家人不正是那些对死者不敬的人吗？

然而，卡拉望太太根本没有在听，她心里正在想着遗产这桩大事。卡拉望脑子里则一片空白，舍奈“大夫”所讲的，他什么也没听懂。

咖啡端上来了，为了提神，咖啡煮得很浓，每个杯子里还兑了白兰地，一旦下肚，人人的面颊上就泛起了一层红晕，脑子里仅存的那点模糊意识也被搅乱了。

最后，舍奈“大夫”又猛然抓起酒瓶，给每人斟了一点白兰地。他们不再说话，慢慢地啜着美酒，一个个沉湎在消化美食时的甜蜜温馨之中，而美酒则更使他们像动物一样，沉醉在酒足饭饱的舒适感里。

两个孩子都睡着了，女仆把他们送上了床。

卡拉望像所有遭遇不幸的人一样，机械地顺从一种要使自己变得麻木的下意识，又接连几次喝了白兰地，他那呆滞迟钝的眼光居然炯炯有神了。

舍奈“大夫”终于起身要走了，他抓住朋友的胳膊，建议道：“来，跟我一道出去，呼吸新鲜空气对您会有好处的；一个人有了烦恼，不应当闷在家里不动。”

名师批注

舍奈的建议，使卡拉望从家里走到户外，为他的情绪变化做好铺垫。

卡拉望听从了这个建议，他戴上帽子，拿起手杖，随舍奈“大夫”出去了。两个朋友挽着胳膊，在星光灿烂的夜空下，朝塞纳河走去。

温润的晚风徐徐吹送着阵阵花香。这个季节，附近一带的花园苗圃都开满了鲜花。百花的芬芳白天里似乎都在沉睡，到了黄昏才渐渐苏醒，由丝丝微风散发在幽暗之中。

宽阔的大街上静寂无声，不见人迹，只有两行街灯，一直延伸到凯旋门。巴黎市区那边，红尘笼罩，传来一片喧闹的市声，有如一种持续不断的隆隆滚动声。远处时而又有火车的鸣笛遥相呼应，那是一列开足了马力的火车，在原野上狂奔疾驶，也许要穿过外省朝大西洋海岸驶去。

户外的空气扑到脸上，使他们有种异样的感觉，舍奈“大夫”几乎失去了平衡，而卡拉望从吃晚饭时就已经晕晕乎乎，这时就晕得更厉害了，恍若在梦中行走，脑子昏昏沉沉，浑身发软乏力。这时，揪心的哀伤似乎已经过去，他在精神上正处于一种麻木状态，也就不再有痛苦之感了，再加上夜色中弥漫着温馨的花香，更使他感到如释重负，得到了解脱。

两人走到桥头，便朝右拐，清风从河面上扑面而来。岸边高耸着一排白杨树，河水静静而忧郁地流淌着，星星随流水而荡漾，似乎在水里游泳。对岸的河堤上飘荡着轻淡的白色雾霭，人呼吸到一股潮润的气息。卡拉望骤然停步，河岸的氛围强烈地触动了他，唤醒了他心中沉睡多年的记忆。

他蓦地又看见了自己的母亲，如他童年时所常见的那样：在遥远的故乡皮卡第的家门口，她弯着腰，跪在流经园子的小溪边上，正在洗身边的一大堆衣服。他恍惚听见寂静的田野上，响起母亲的棒槌声与呼喊声："阿弗雷特，快给我拿块肥皂来。"此时此刻，在巴黎的河岸上，他又闻到了同样的流水气息，又看到了同样笼罩着潮湿地带的轻雾。本来，故乡沼泽地上的雾霭就一直存留在他内心深处，永远难忘，而现在，恰巧在母亲去世的这个晚上，他又好像回到了儿时的故乡。

他伫立不动，绝望的情绪又猛然袭上心头，好似一道闪光突然照亮了他整个的不幸，一股飘忽不定的气流将他投进了无可缓解的大悲大痛的深渊。他感到自己的心被这次永远的离别撕得粉碎，他的一生从此也就被拦腰切成了两截，他的整个青年时期，由于母亲的亡故而永远消失了。"以往"这个概念再也没有了，年少时光的记忆全都烟消云散，再也没有人能同他回顾往事，谈谈他从前认识的人，谈谈他的故乡、他本人以及他过去生活中的琐事。他的一部分存在已经终结，现在轮到他另一部分存在走向死亡了。

> **名师批注**
> 通过比喻的修辞手法，表明对母亲美好的回忆让卡拉望更加深切地感受到丧母之痛。

一件件往事浮现在他眼前，纷至沓来。他仿佛又看见年轻时的妈妈，穿着旧衣服，长年累月不更换，好像已同她本人合二为一，分割不开了。他接着又连连在早已遗忘的一些情景中看见了妈妈，重温了她那些已经模模糊糊的形貌：她的举止、声调、习惯、癖好、愤怒、脸上的皱纹以及今后再也不会有的那些惯常的姿态。于是，他伏在舍奈"大夫"身上痛哭起来。他那绵软乏力的双腿在发抖，整个身子随着哭泣而颤动，泣不成声地喊着：“妈，我可怜的妈呀！我可怜的妈呀！”

然而，他这位朋友一直醉意甚浓，眼下正打算到他常去偷乐的地方乐一晚上呢，见卡拉望的悲痛又一次大发作，就不耐烦了，便扶他到河边坐在草地上，借口要去看一个病人，随即就撇下他走了。卡拉望哭了很久，眼泪都流干了，痛苦大为减缓，心境重新变得轻松，并感受到一种意想不到的安宁。

月亮升起来了，以它温柔的幽光沐浴着大地。高挺的白杨树银光闪闪，平原上的雾气像浮动着的白云。河水里不再有星星游泳了，但似乎铺盖着一层珍珠，仍流淌不息，泛起了闪闪发亮的涟漪。空气温和，微风送来阵阵芬芳，大地进入温馨的梦乡。卡拉望尽情品尝着夜色的柔美，他畅怀地呼吸着，觉得随着清新的空气，宁静与无上的欣慰也被吸进他的体内，直达五脏六腑。

名师批注

运用情景交融的写作手法，让迷人的夜景来安慰卡拉望此时的悲痛心情。

不过，他仍不断地抵制这种油然而生的舒适感，一遍又一遍地重复：“妈呀，我可怜的妈妈呀！”

他用忠厚老实人的良心来激励自己再哭下去，但他再也哭不出来了，甚至不再有任何悲痛触他动情、使他像刚才那样号啕大哭了。于是，他站起身来，慢慢地往回走，沉浸在大自然对人间万事皆无动于衷的那种超脱宁静里，他的心境也在不知不觉之间平复下来了。

走到桥头，他望着即将出发的末班小火车的灯光，望见环球咖啡馆背面一排灯火明亮的窗户。

他忽然觉得需要找个人诉说自己的不幸，以得到别人的同情与关心。于是，他哭丧着脸，推开咖啡馆的门，见老板正站在柜台前。他便走了过去，原以为大家见他这副样子，都会站起来，迎着他来跟他握手，并且问道：“咦，您是怎么啦？”不料，没有一个人注意他脸上悲痛的表情，他就趴在柜台上，双手抱着脑袋，喃喃自语：“哎呀，上帝啊！上帝啊！”

老板打量了他一眼，问道：“您生病啦，卡拉望先生？”

他答道："我没生病，是我母亲刚刚去世。"

对方心不在焉地"哦"了一声。这时，店堂里有顾客在叫："来杯啤酒！"老板立即大声应道："噢，来啦！……马上就来啦！"便急忙奔过去倒酒，抛下了目瞪口呆的卡拉望。

三个牌迷仍坐在晚饭前的那张桌子周围，一动也不动，正在聚精会神地玩多米诺骨牌。卡拉望凑上去，想引起他们的同情，但他们似乎都没有看见他，于是，他干脆自己先开口，对他们说："刚才那一会儿，我遭了一场大难。"

三个牌友同时都把头略微抬起，不过眼睛仍然盯着各自手里的牌。

"怎么啦，什么大难？"

"我母亲去世了。"

"嗯，真糟糕。"其中一个咕哝了一声，他一副假伤悲的表情，实际上是漠不关心。第二个牌迷找不出什么话好说，便摇了摇头，"嘘"了一声，表示伤感。第三个的注意力又回到牌上去了，那样子分明是在说："不就这么回事。"

卡拉望本期待着听到一两句体己的话，见他们如此这般，便愤然走开，他恨他们对朋友的痛苦竟然无动于衷，尽管他这份痛苦此时已经消释，甚至他自己也感觉不到了。

他走出了店门。

他妻子正在家里等他，穿着睡衣坐在敞开的窗户旁的一把矮椅上，心里盘算着遗产的事。

"快脱衣裳吧，"她说，"咱们到床上再谈。"

他抬起头，望了望天花板，说："可是楼上……什么人也没有呀。"

"怎么没有人呢，女仆正守在妈身边呢，你先睡一小觉，凌晨三点再去替换她。"

不过，他怕万一会发生什么意外情况，没有脱下衬裤，头上还扎了一条围巾，然后才跟着太太钻进被窝。

夫妇俩并排坐了一会儿，太太在想着心事。

即使是在就寝时刻，她的睡帽上还缀有粉红色的蝴蝶结，

名师批注

通过语言和动作描写，表现出咖啡店老板对卡拉望丧母的冷漠。

且戴得稍稍歪向一侧耳朵，就像她戴便帽那样，这似乎是她戴任何帽子时难以改变的习惯。

她突然转过头来问丈夫：“你知道你妈立过遗嘱没有？”

卡拉望迟迟疑疑地答道：“我……我……我想没有……她一定没有立过。”

卡拉望太太盯着丈夫的脸，低声却恼火地说：“喏，你瞧，这也太不通情理了，我们千辛万苦侍候她，供她住，供她吃，算起来已有十年！你妹妹就不肯这么干，我要是早知道会得到这种报答，我也绝不肯干！真的，你妈如此薄情寡义！你也许会对我说，她付了食宿费，这不假，但晚辈对老人的侍候，那是用钱付不清的，应当在死后用遗嘱来回报，凡是体面的人都这么办。而我呢，我算是白辛苦了一场！哼！真是妙啊！真是妙不可言！”

名师批注

通过卡拉望太太的一番话，读者对于这一家人的关系有了进一步的了解。

卡拉望心烦意乱，不知所措，连连说道：“亲爱的，亲爱的，我求求你，我求求你。”

发泄了一顿之后，太太也平静下来了，她用往常那种语调发号施令：“明天一早，你去通知你妹妹。”

卡拉望一下跳了起来：“真的，这事我怎么没有想到！天一亮，我就去打电报。”

他妻子凡事都想得周到，马上拦住他：“不用那么早，等到十点至十一点之间，再打电报不晚，这样，在她到来之前，咱们有时间做好安排。从夏朗东赶到这里，最多两个钟头就够了。我们可以解释说，你吓昏了头。反正上午发出通知，就绝不至于落个埋怨！”

然而，卡拉望又拍了拍自己的脑门，怯声怯气地说：“还应当向部里说一声呀。”部里那位上司，他总是一想起就全身发抖，一说起声音就变了。

他妻子反驳道：“凭什么要跟部里说？遇上这种事，即使忘了报告，也是情有可原的。听我的，甭理他，你那位上司没法说什么。”

“好的，就这么办，”卡拉望说，“他见我没去上班，一定会大发雷霆。是的，你说得对，这主意真妙，等我一向他宣布我母亲去世，他就不得不把自己的嘴巴闭上。”

预想能这么取笑上司一次，卡拉望乐不可支，他一边搓手，一边想象科长那副嘴脸。这时候，女仆正躺在老太太的遗体旁边呼呼大睡。

卡拉望太太忽然又心事重重起来，似乎有什么事情缠绕心头，不吐不快，却又难以启齿。最后，她终于下决心开口：“那架少女玩球的座钟，你妈早就说过是给你的，对不对？”

卡拉望回想了一会儿，说：“对，对，她是跟我说过，那可是很早的事了，还是她刚住到我们家来的时候。当时，她这么说：‘只要你好生照顾我，这座钟将来就归你。’”

卡拉望太太放下心来，脸色也就放晴了：“既然这么说过，咱们就该把座钟从楼上搬下来，要知道，你妹妹一来，就不会让咱们搬了。”

名师批注

语言描写侧面表现了卡拉望兄妹在财产上的明争暗斗。

卡拉望犹疑不决地说：“你要这么办？”

太太恼火了：“我当然要这么办，只要神不知鬼不觉地搬了，那就归咱们所有。她房间的那个五屉柜也是一样，就是有大理石面板的那个，她以前就答应过给我。咱们就一起搬下来得啦。”

卡拉望好像不大相信，说：“不过，亲爱的，这事关系重大呀！”

太太转过身来，气冲冲地说：“哼！你这人也真是，狗改不了吃屎的毛病，你就情愿让咱们的孩子饿死，也不愿干点实事？那个五屉柜，既然她已经给了我，那就属于咱们，对不对呀？如果你妹妹不乐意，那就让她冲我来吧，我才不在乎你妹妹哩。好啦，起来吧，就去把你妈给咱们的东西搬下来。”

卡拉望无以应对，只好颤颤巍巍地下了床，刚要穿裤子，就被太太阻止了：“不用穿了，走吧，穿衬裤就行了。喏，我不就这么去吗？”夫妇俩穿着内衣，悄悄登上楼梯，小心翼翼地打开房门，走进屋里。但见老太太直挺挺地躺在那里，仿佛只有浸着黄杨树枝的盘子旁那四根燃着的蜡烛在给她守灵，而女仆早已睡着了，她躺在扶手椅上，伸着两腿，双手交叉在裙子上，脑袋朝一侧偏斜，身子一动也不动，张着嘴巴在轻轻打鼾。

卡拉望赶紧抱起座钟，它跟帝国时代很多艺术品一样，颇有点怪里怪气。钟上有个镀金的少女铜像，头上装饰着各种花朵，手里拿着一个接球玩具，而那个球就是钟摆。

“把座钟给我，你去搬柜子上的大理石面板。”他太太吩咐道。

他照办不误，费了九牛二虎之力，直喘着气，才把大理石面板扛到肩上。

名师批注

老人尸骨未寒，儿子和儿媳就开始分老人的财产，揭露了人性的丑陋。

夫妇俩搬着东西往外走，出门时，卡拉望弓着身子，颤颤巍巍地下楼。他太太则倒退着走，一只手抱着座钟，一只手端着烛台给丈夫照明。

回到自己的房间，卡拉望太太深深地舒了一口气，说：“最难搬的已经搬好，咱们再把剩下的搬过来吧！”

但是，五屉柜里装满了老太太的衣物，得找一个地方放这些东西才行。

卡拉望太太立刻想出个好主意：“你快去把门厅里那只杉木箱子搬来，它值不了四十个苏，把它放在这里正好。”

木箱一搬来，他们就开始把柜里的东西往箱里倒腾。老太太所有的破旧衣物，套袖啦，领巾啦，衬衣啦，便帽啦，等等，全都从五屉柜里掏出来了，然后，又一件件整整齐齐地放进木箱里，以便蒙骗次日将要来奔丧的另一个后人布罗太太，亦即卡拉望的妹妹。

衣物清理完后，他们先把抽屉搬下去，然后又两人各抬一头，把柜子搬下去。夫妇俩琢磨了许久，不知安放在什么位置最为合适，最后才决定放进他们的卧室，摆在床对面的两扇窗子之间。

五屉柜刚摆好，卡拉望太太就立刻把自己的日用衣物放进去。座钟则摆在饭厅的壁炉上，夫妇俩审视了一番，看看布置的效果如何，最后都十分满意。太太说：“这样挺好！”

丈夫应声附和："是的，挺好的！"两人这才安心上床。太太吹灭了蜡烛。不久，这座小楼的两层房间里，人人都进入了梦乡。

名师批注

描写夫妇俩阴谋得逞之后的喜悦心情，之前睡不着是因为惦记着财产，此刻终于能进入梦乡了。

卡拉望睁开眼睛时，天已经大亮了。刚刚醒过来时，他的脑子还昏昏沉沉的，过了几分钟才回忆起家里发生的大事，于是觉得胸口似乎又重重地挨了一拳。他跳下床来，心里一阵酸痛，几乎又要大哭一场。

他急忙上楼去，进屋一看，女仆仍在呼呼大睡，保持着昨晚的那个姿势，竟一觉睡到大天亮。他打发女仆去干活，自己动手将燃尽了的蜡烛拔下来，再一次端详自己的老母亲，头脑里转悠着一些看上去似乎高深莫测的思想，那全是些宗教的、哲学的凡俗之见，智力平庸者一面对死者，总要受这类思想的困扰。

这时，他听见太太在叫他，就立即下楼。卡拉望太太开了一个清单，把上午该办的事全部一一列出。卡拉望接过来一看，不禁吓了一跳。他逐条看下去：

一、到区政府登记；二、请医生验尸；三、定做棺木；四、去教堂联系；五、去殡仪馆联系；六、去印刷所印讣告信；七、打电报通知亲戚。

此外，还有许许多多要办的琐事。于是，他戴上帽子，出门去了。消息早已传开，这时，邻居们纷纷登门，要看看死者的遗容。

楼下的理发店里正在给顾客刮脸的理发师，说起这家的丧事，还跟妻子拌嘴。

妻子一边织袜子，一边低声念叨："又少了一个，少了一个世上罕见的小气鬼。老实说，我一直就不喜欢她，不过，还是应当去看看。"

丈夫一边在顾客的下颔抹肥皂，一边嘀咕道："听听，全是些怪念头！只有女人才想得出来。她们活着的时候烦你个没够，死后也不叫你安宁。"

妻子听了，倒也并不动气，接着说："我控制不住自己，

非去看看不可。从一大清早，我就惦记着这件事，要是不去看看她，恐怕我这一辈子都不会了却这桩心事，等仔细看了，记住她的遗容之后，我就心安理得了。”

手里拿着剃刀的理发师耸了耸肩膀，低声对那位修脸的先生说：“我倒要请教您一下，这些该死的娘们，怎么会有这些莫名其妙的念头？而我，我可没有兴致去瞧一个死人！”

他妻子听了这一番话，一点也不恼火，只说：“我就是这样嘛，就是这样！”说着，把手里的东西往柜台上一撂，就上楼去了。

有两位邻居太太已经先来了，主妇正在同她们谈论这次不幸的意外事故，她详细地讲述了事情的经过。

她们都朝灵堂走去。四位太太轻手轻脚地走进来，挨个蘸了点盐水洒在被单上，又跪下来，一边画十字，一边咕噜咕噜地祈祷，然后都站起来，瞪着眼睛，半张着嘴，久久盯着遗体。这时，死者的儿媳妇一直用手巾捂着脸，装出伤心痛哭的样子。

她正要转身出去的时候，忽然瞧见玛丽·路易丝与菲利浦·奥古斯特两姐弟站在门口，都穿着衬衣，在好奇地观看。于是，她就忘了假装出来的悲痛，扬起手扑了过去，气急败坏地嚷道：“淘气鬼，你们还不快滚！”

十分钟之后，卡拉望太太又陪同另一批女邻居上楼来，她同样又在老太太身上挥洒盐水，又祈祷了一番，又哭泣一番，总之按原来的程序又尽完一遍孝道。这时，她又发现两个孩子仍跟在她身后，于是就狠狠掴了他们两巴掌。不过，到了第三次，她就懒得再管那两个小家伙了。这样，每次有人来致哀，两个孩子总是跟在后面，同样也跪在一个角落里，惟妙惟肖地模仿母亲的每一个动作。

名师批注

小孩总在无意中模仿父母的行为，这也为后文情节做铺垫。

一到中午，前来吊丧的好奇的妇女就大为减少，过了不久，再也无人上门了。卡拉望太太回到自己的房间，急急忙忙为出殡做准备，让死去的老太太孤零零地躺在楼上。

那房间的窗子大敞着，阵阵热浪挟着团团尘土涌进来。

四支蜡烛的火苗，在灵床旁边跳跃，尸体平躺，纹丝不动。在老太太双目紧闭的脸上，在她伸出被单的两手上，有一些小苍蝇爬来爬去、飞来飞去，一次又一次来拜访这个死者。

这时，玛丽·路易丝与菲利浦·奥古斯特又跑到街上瞎玩去了。他俩很快被一群孩子团团围住，其中的那些小姑娘特别精灵刁钻，很快就能嗅出生活中的种种隐秘。她们一本正经像成年人一样提问："你祖母去世了吗？""是的，昨天晚上死的。""死人是什么样子？"

玛丽·路易丝于是进行解释，她讲到蜡烛、黄杨树枝、死人的面孔。孩子们听了，都产生了强烈的好奇心，纷纷要求上楼去瞧一瞧。

玛丽·路易丝立即组织了第一批参观者，五个女孩和两个男孩，都是年龄最大的，也是胆子最大的。组织者要求他们非脱掉鞋子不可，以免被人发觉。这个参观团溜进小楼，敏捷地爬上楼梯，就像一支老鼠队伍。

一溜进房间，玛丽·路易丝就学她母亲那样，循规蹈矩地组织吊唁仪式。她严肃认真地领着小朋友们下跪，画十字，动动嘴唇，再站起来，往灵床上洒圣水。然后，参观团一行人挤成一团，走向灵床，怀着害怕、好奇而又兴奋的心情观看死者的脸和手。而这时，玛丽·路易丝则突然用小手捐捂住眼睛，也假装哭泣。但她一想起门外还有一些小朋友在等着参观，悲痛立即消失得无影无踪。她赶紧连蹦带跑地送走这一批参观者，又把第二批带上来，接着又是第三批，一批一批，络绎不绝。这一带的顽童，甚至还有衣衫褴褛的小乞丐，都闻讯而至，都要尝尝这种新奇的乐趣。而玛丽·路易丝每次都把她母亲那一套仪式模仿一遍。

时间一长，她就玩累了。孩子们也都散了，去玩别的游戏了。老太太又孤单单地被撇下，被人遗忘。

名师批注

孙女的行为完全出于好玩，并非为老人的死感到伤痛，这也说明祖孙之间毫无感情。

房间里阴影重重，随着蜡烛火苗的晃动，老太太那干枯而布满皱纹的脸，时明时暗。

将近八点，卡拉望上楼来把窗户关好，换上蜡烛。这次进来，他心态平静，似乎那尸体停放在那里已有数月之久，他已习以为常，熟视无睹了。他还注意到尸体尚无丝毫腐烂的迹象。上桌吃晚饭时，他便把自己的观察结果告诉他太太。太太答道："可不，她像根木头，也许可以保存一年。"

他们喝汤的时候，一句话也不说。两个孩子疯玩了一天没人管，都疲倦到了极点，便坐在椅子上睡着了，全家人都不出声。

突然，灯光暗了下来。卡拉望太太把灯芯往上拧了一拧，可是油灯发出一种燃油枯竭的声响，哒哒响了一会儿，随即就熄灭了。竟然忘了买灯油！到杂货铺买灯油吧，势必要耽误吃晚饭，还是去找几支蜡烛来吧。但楼下已经没有了，只有楼上床头柜上还有几支。

卡拉望太太行事一贯果断，立即就打发玛丽·路易丝上楼去拿两支下来。大家就在一片黑暗中等着。

小姑娘上楼的脚步声清晰可闻，接着，静寂了几秒钟，她急匆匆地跑下楼来，推开房门，惊慌失措，比前天晚上更为恐惧，上气不接下气，报告了一个灾难性的消息："哎呀，爸爸，奶奶在穿衣服！"

卡拉望霍地跳了起来，势头真猛，竟把椅子撞倒在墙边，他结结巴巴地问："什么？什么……你说什么？"

玛丽·路易丝紧张得语不成句，仍在重复："奶……奶……奶奶在穿衣服……就要下楼啦。"

卡拉望发疯似的冲上楼梯，后面跟着惊呆了的太太。但是，一到三楼的房门口，他又站住了，胆战心惊，不敢进去。他会看见什么情景呢？太太比他胆大，扭动了门把手，便走了进去。

房间似乎变得更暗了，中央有个又瘦又高的身影在晃动。老太太已经站在地面上了。她一从昏迷中苏醒过来，在尚未完全恢复神志之前，就已经靠一只胳膊撑起躯体，赶忙转过身，把点在灵床旁边的蜡烛吹灭了三支。而后，她慢慢恢复了气力，就下床找自己的衣服，却发现五屉柜不见了，不免

知识链接

习以为常：常做某种事情或常见某种现象，成了习惯，就觉得很平常了。

有些纳闷。不过，她终归还是在木箱里找到了自己的衣物，就不慌不忙地穿了起来。她倒掉盘子里的水，把黄杨树枝仍挂到镜后，又把椅子搬回原位，正要下楼的时候，她的儿子和儿媳进来了。

卡拉望冲过去，抓住母亲的双手，满含着眼泪亲她。他太太站在身后，虚情假意地连连说："真是大喜事呀！啊！真是大喜事！"

然而，老太太对此无动于衷，那神情像是没有搞清楚究竟是怎么回事。她身子僵直，像块石雕，眼神冰冷，只问了一句："晚饭快好了吗？"儿子还没有缓过神来，含含糊糊地答道："好了，好了，妈妈，我们正等着你呢。"接着，他一反常态，殷勤地挽住母亲的胳膊，他太太则端着蜡烛走在前面，倒退着一步一步下楼，好把路照亮，就像昨天半夜丈夫扛着大理石面板时她所做的那样。

名师批注

自然过渡，引出卡拉望的妹妹和妹夫出场。

下到二楼，她差点撞着正要上楼的人。原来是住在夏朗东的一家亲戚赶来了，卡拉望的妹妹布罗太太在前，她的丈夫紧跟其后。那女人又高又胖，挺着一个大肚子，上身往后仰着。她吓得直瞪着眼睛，准备拔腿就逃。她丈夫是个信奉共产主义的鞋匠，个子矮小，满脸的胡须几乎淹没鼻子，看上去像只猴子。他却毫不惊慌，只喃喃自语："嘿，怪啦，她怎么又活过来了？"

卡拉望太太一见是他们，沮丧地摆摆手示意，大声说道："哎哟，怎么啦？你们来了，真没有想到！"

然而，布罗太太已吓昏了头，没有听懂这话的弦外之音，低声答道："是你们打电报叫我们来的，我们还以为人不行了呢。"

她丈夫在背后捏了她一把，叫她住口，接着，胡须里藏着一个奸笑，补了两句："承蒙你们盛情邀请，我们急忙就赶来了。"此话影射了两家人长期以来的敌对情绪。当老太太下到楼梯最后两级时，他便赶紧迎上去，用密布满脸的胡须在她脸上蹭了蹭，又对着她那不灵光的耳朵喊道："这一向可好？母亲，身子骨还是那么硬朗？”

布罗太太本是前来奔丧，不料看到人活得好好的，简直吓得发呆，甚至不敢去亲亲自己的母亲。她挺着大肚子，挡在楼梯口，使得别人也无法走动。

老太太惶惑不安，心里暗自生疑，但始终没有开口。她扫视周围这些人，那锐利而严峻的灰色小眼睛，时而盯着这个，时而又盯着那个，看得出来她脑子里在想什么，这颇使在场的人尴尬难堪。

名师批注

当亲情与利益纠缠在一起时，贪婪的本性会暴露出人性中最丑恶的一面，使正常的亲情呈现扭曲状态。

卡拉望想解释一下，说道：“母亲确实有点不舒服，现在已经好了，完全好了，对不对呀，妈？”

老太太继续往前走，并且以微弱的、像从远处传来的声音回答说：“确实是晕过去了一阵子，但那段时间你们在做什么，我都听见了。”

接着，是一阵令人难堪的冷场。大家走进饭厅，坐下来吃饭。晚饭甚为简单，是临时张罗起来的。

在座的唯有布罗先生轻松自如，他那张像猩猩一样凶恶的脸做出种种怪相，说起话来，话里有话，弄得大家都很尴尬。偏偏门铃时不时就响起来，女仆不知如何应付，总来找卡拉望。于是，他总要扔下餐巾跑出去。他妹夫甚至问他，这天是不是他会客的日子。他支支吾吾地回答：“不是，没有什么，是送货的。”不久，又送来了一包东西，卡拉望冒冒失失地把它拆开了，原来是印着黑框的讣函，他满脸涨得通红，连忙重新包上，塞进自己的马甲里。老太太没有看见这个插曲，她死死地盯着她那个座钟，它正摆在壁炉上，镀金的球棍还在不停地摆动着。在一片冷冰冰的沉默中，尴尬难堪的气氛愈来愈浓重了。

老太太把她那张像巫婆一样皱皱巴巴的脸转向自己的女儿，对她说：“下星期一，把你的小丫头带来，我想见见她。”

布罗太太立即喜形于色，高高兴兴地应道：“好的，妈妈。”卡拉望太太的脸色顿时变得惨白，急得差一点晕过去。

名师批注

通过对比手法，形象地展现了布罗太太的喜和卡拉望太太的悲。

这时，两个男人渐渐聊起天来，但为了一点鸡毛蒜皮的小事，他们竟然进行了一场政治论战。布罗拥护多种革命学说与共产主义理论，他慷慨激昂，两眼在胡须密布的脸上炯炯发光。他高声嚷道："说到财产，那是从劳动者身上榨取来的；土地，是属于所有人的，继承遗产是卑鄙可耻的事！……"但说到这里，他猛地闭口，就像一个人说了蠢话似的，自己慌乱地想要改，随即他用温和的语气改变腔调说："当然，现在不是争论这个问题的时候。"

名师批注

舍奈的表演体现了他的狡猾和善变。

房门打开了，舍奈"大夫"走了进来。一看屋里的情景，先是有点惊愕，很快就镇定下来了。他走到老太太面前，说道："哈，哈，老大妈，今天还不错嘛，嗯！我早就料到会好的。就在刚才上楼的时候，我心里还在想，她老人家准又起来了，我敢打赌！"他轻轻拍了拍老太太的后背，接着说："这身子骨，就跟巴黎的新桥一样结实。大家等着瞧吧，她会参加我们这些人的葬礼。"

他坐下来，接过递给他的咖啡，很快就参加了那两个男人的争论。他赞同布罗的观点，因为他本人就曾牵连在巴黎公社的案件里。这时，老太太感到疲乏了，想回房休息。卡拉望赶紧前去搀扶，但老太太两眼死死地盯着他说："你呀，你马上给我把五屉柜和座钟搬上去！"儿子结结巴巴应道："好吧，妈妈……"老太太却不等他说完，就挎着女儿的胳膊上楼去了。

这一来，卡拉望夫妇就一败涂地，全局崩溃了，他们惊慌失措，张口结舌，木然呆立在那里，而布罗则慢慢呷着咖啡，还得意扬扬地搓着双手。

突然，卡拉望太太怒上心头，疯狂发作，她扑向布罗，冲着他尖声大嚷："你这个贼，你这个无赖，你这个流氓……我要吐你一脸唾沫……我要吐你……吐你……"她气得喘不过气来，想大骂却又找不到词。可是，布罗笑眯眯的，仍在喝他的咖啡。

这时，恰巧布罗太太回来了，于是卡拉望太太又冲着小姑子去了。这一对姑嫂，一个人高马大，气势汹汹；一个瘦小干枯，歇斯底里，两人都气得全身发抖，声音变调，你一句我一句，互相破口大骂。

舍奈“大夫”与布罗上来劝解。布罗推着他老婆的肩膀，把她推出房门，朝她大声嚷道：“快滚，你这头蠢驴，你叫得太过分了！”

可以听见，这两口子到了街上仍在争吵，声音渐渐远去。舍奈“大夫”也告辞离去。

卡拉望夫妇相对无言。

后来，丈夫颓然倒在椅子上，两鬓渗出了一阵冷汗，他喃喃自语：“这事，我怎么去向科长交代呢？”

名师批注

这段文字画面感极强，充满了讽刺意味。

名师点拨

卡拉望是一个爱慕虚荣、贪小便宜、软弱、没有主见的小职员，在母亲刚刚去世时，他就和妻子谋划着分家产。令人意外的是老太太只是一时晕厥，老太太的死而复生使得利益关系复杂的一家人暴露出种种人性的阴暗面。

好词多积累

循规蹈矩　投案自首　惶惶不安　韶光易逝　川流不息

刮目相看　不伦不类　相得益彰　火冒三丈　熟视无睹

精打细算　难以置信　固执己见　喋喋不休　充耳不闻

佳句任你评

★一件件往事浮现在他眼前，纷至沓来。他仿佛看见年轻时的妈妈，穿着旧衣服，长年累月不更换，好像已同她本人合二为一，分割不开了。他接着又连连在早已遗忘的一些情景中看见了妈妈，重温了她那些已经模模糊糊的形貌：她的举止、声调、习惯、癖好、愤怒、脸上的皱纹以及今后再也不会有的那些惯常的姿态。

★突然，卡拉望太太怒上心头，疯狂发作，她扑向布罗，冲着他尖声大嚷：“你这个贼，你这个无赖，你这个流氓……我要吐你一脸唾沫……我要吐你……

吐你……”她气得喘不过气来，想大骂却又找不到词。可是，布罗笑眯眯的，仍在喝他的咖啡。

大家来思考

当卡拉望夫妇以为老太太已经去世后，他们从老太太房间里偷走了哪些财产？

一个诺曼底人

名师带你读

马诘，绰号叫“酒老爹”，是个退伍回乡的中士。兵油子的油腔滑调、吹牛说谎与诺曼底人的狡黠奸诈，在他身上以妙不可言的比例集合在一起，简直到了出神入化的地步。

我们刚好出了鲁昂市区，轻快的车子就在茹蔑日大路上急速地向前行驶，它穿过好些草地；随后，为了要爬甘忒勒坡，那匹马才慢慢往前走。

那地方，应当是世界上绝美的观景点之一，我们的背后有鲁昂，市区里满是礼拜堂，雕琢得如同象牙玩具样的戈忒钟塔；前面，圣绥韦，以工业著名的近郊区，向天空竖起成百上千的冒着黑烟的烟囱，正和古老市区里的成百上千的神圣钟塔遥遥相望。

这儿，圣保罗堂的尖塔，人工建筑物的最高峰；那一边，“霹雳厂”的大水塔，它和尖塔，它的对手几乎同样高得异常，比埃及最高的金字塔还高一米。

塞纳河在我们前面弯曲地流淌着，河里散布着许多洲岛，右岸是一座被森林掩盖着的白石悬崖，左岸是许多草地。

好些大船分别泊在两岸的各处。三艘大的轮船衔尾似的向着勒阿弗尔驶去，一艘三桅船、两艘大的双桅船和一艘小的双桅船连成一条线，由一艘吐着黑烟的小拖轮拖着由下游驶向鲁昂。

我的同伴原是在本地长大的，对于这幅动人的画面简直毫不在乎；但是他不住地微笑，仿佛在心里暗笑似的。突然间，他高声说：“哈！您就会看见一点儿滑稽东西了；马诘老爹的礼拜堂。那儿，是妙不可言的，朋友。”

我用惊讶的眼光瞧着他。他接着又说：“我就来教您体会一种您一辈子也忘不掉的诺曼底省的香味。马诘老爹是本省最有趣味的诺曼底人，而他的礼拜堂真正是世界上令人惊奇的礼拜堂之一，不过第一步我来先给您略略说明。

“马诘老爹，旁人也叫他‘酒老爹’，原是一个退伍还乡的军人。他巧妙地斟酌分量把老行伍的哄人手段和诺曼底人的小聪明恶作剧地集合在一块儿，来构成一套完备的把戏。回家以后，仗着多方面的保护和不可思议的手腕，他变成了一个小礼拜堂的管理人，他那个小礼拜堂受着圣母的保护，又受着怀了孩子的女子们的频繁朝拜；他称呼他那个奇妙的偶像为‘大肚子圣母’，他用某种绝没有忘却敬意的嘲弄式的亲切姿态对待她。为了他这个‘仁慈圣母’，他亲自编成了并且印好了一种特别祷告文。

“这祷告文是一种出自无心的嘲讽杰作，诺曼底精神的杰作，其中的嘲弄意味掺杂着对于圣徒的畏惧，对于某些神秘东西的迷信似的畏惧。他不是特别信仰他的守护女神，不过由于谨慎却也略略信仰她，并且由于策略上的考虑，他还应付着她。

“这篇惊人的祷告文的开端如下：

“‘我们的仁慈太太，圣母玛利亚，本地和全地球上做了母亲的女子的守护女神，请您保佑您这一个一时大意犯了错误的信女吧。’

“那篇祷告文的结尾如下：

“‘尤其请您在您的神圣丈夫身边不要忘却了我，并且请您在天父身边说情，哀求他给我一个像您的丈夫一样好的丈夫。’

“这篇祷告文被当地教会禁止，他却秘密地出售它，而那些抱着感戴之心诵读的信女们都相信它有保佑之力。

“总而言之，他谈到仁慈的圣母，竟像一个有威望的王公的贴身仆从谈到他的主人一般，凡是一切心腹琐屑的秘密全是他所熟知的。他知道一大串与她有关的趣味浓厚的故事，他每每在挚友之间喝过几杯之后，用轻而又轻的声音把那些故事说出来。

“不过您将来会和他碰面。

“由于种种来自守护女神方面的收入在他看来仿佛并不心满意足，他还附带一宗小买卖，出售圣徒们。全体的，或者几乎全体的圣徒们，他全都预备好了。小礼拜堂的地方不够安置那些圣徒们，他把他们藏在柴房里，遇着有一个信徒问起他们，他立刻从柴房把圣徒们请到外面。那都是他亲手设计的木偶，都滑稽得不可思议，并且在某一年油漆房屋的时候，他又把木偶全部漆成了绿色。您知道圣徒们是治得好各种病症的，不过每一个圣徒各有专长，把他们弄得混淆不清或者弄错都是不应当的。因为圣徒们之间的互相忌妒正像江湖卖艺的小花脸一样。

“为了不至于出错，心地仁慈的老妇人全来请教马诘了。

“有人问：‘为了医治耳朵，哪一个圣徒是最好的耳科大夫？’

“他说：‘有个名叫沃西姆的圣徒是不错的，又有一个名叫浜斐尔的圣徒也还行。’

“然而还有一些令人惊奇的事。

“马诘在空闲的时候会喝酒，不过他用艺术家的态度，用心悦诚服者的态度喝酒，所以他每天晚上必定喝得半醉。他喝得半醉，但是他自己却心中有数；他心里清清楚楚，甚至于每天可以把喝醉的程度准确地记下来。这是他留意的重要事情，小礼拜堂还在其次。

“他发明了——您听清楚并且多多留心——发明了醉度表。

“事实上，器械并不存在，但是马诘的观察力正如数学家的一样准确。

“您时不时地听见他说：‘从星期一起，我超过了四十五度。’

“或者：‘我当时在五十二度和五十八度的中间。’

“或者：‘我当时确实在六十六度到七十度的中间。’

“或者：‘见鬼了，我本以为自己在五十度，现在却明白自己到了七十五度！’

“他从没有弄错过。

“他肯定从来没有到过一百度，但是到了他自认为超过九十度而观察力变弱的时候，旁人就不会完全相信他的肯定语气了。

“他一承认超过九十度，您完全可以放心，因为他已经酩酊大醉了。

“在这种场合，他的妻子枚立，也是一个令人惊奇的人，便发狂似的生气了。她在门口等他进来的时候就嚷起来：‘你来了，脏东西，臭猪，醉了的畜生！’

“于是马诘不笑了，在她的身前立稳，之后用一种严厉的语气说：‘你别说话，枚立，现在不是聊天的时候。你等到明天吧。’

“倘若她继续唠叨，他就再走近些，用颤抖的声音说：‘别再嚷了，我已经到了九十度了，我不再量度数了，要揍人了，你留心！’

“于是枚立只得且战且走。

“到第二天，倘若她要再提这件事，他就当面嘲笑她并且答复道：‘哪儿的话，哪儿的话！已经聊够了，过去了。只要将来我不会喝到一百度，那是不妨事的。不过倘若我过了一百，我允许你惩罚我，一言为定！’”

我们已经走到山坡顶上了。大路钻进那座值得赞叹的卢马尔森林。秋天，绚烂的秋天，把它的金色和紫色掺杂在依然鲜明的残存的绿色里，仿佛是太阳熔化了，一滴滴从天上落到了茂密的树丛里。

我们穿过杜克来，随后，不再沿着茹蔑日大路继续往坡下走，我的朋友向左转了，择取了一条斜行的小路，驶进一片灌木林。

后来没过多久，在一个大坡的顶上，我们又看见了塞纳河的壮丽平川，以及在我们脚下蜿蜒流淌的河水。

路右侧，有一所很小的建筑物，青石板屋顶，上面突兀地立起一座钟楼，宛若撑起一把阳伞。背靠着一所有好些绿百叶窗的漂亮房子，墙上爬满了金银花藤和蔷薇藤。

一个粗嗓门嚷着："朋友们到了！"接着马诘在门框里露面了。那是一个六十来岁的人，瘦瘦的，蓄着一撮短髯和两撇长长的髭须，全是白的。我那个同伴和他握过手，向他介绍我，后来马诘请我们走到一间同时兼做客厅的清爽的厨房里。他说：

"我呢，先生，没有出众的房子。我很喜欢坐在肉羹旁边。大大小小的锅子，您可看见，全是给我做伴的。"随后，他侧转身子对着我的朋友说：

"怎么您两位偏偏在星期四到这儿来？您两位明明知道这一天是我的守护女神的门诊日，今天午后我不能出去。"

他说完，跑到门口，用怕人的牛哞一般的声音叫唤："枚立！"这叫唤里头的"立"字的余音拉得很长，使得远处塞纳河上来往船只的船员们都会抬头张望。

枚立没有应声，于是马诘狡黠地眨了眨眼。

"给我闹别扭，您可看见，因为昨天我到了九十度。"

我的同伴开始笑了："到了九十度，马诘！您怎么搞的？"

马诘回答道："我来告诉您。去年，我只收获了二十拉屑尔的苹果，再也没有多的。不过，要做点苹果酒，还够。所以我用它做了一桶，昨天我开了它。当它是甘露吧，那真是甘露，您一定会说我称赞得不错。当时波立忒在我这里，我们俩喝了一杯，后来又喝了一杯，没有喝过瘾（大家可以一直喝到第二天），因此一杯又一杯，我觉得肚子里有一股凉气了。我对波立忒说：'是不是可以喝点儿白兰地来暖一暖身体！'他同意了。不过那点儿白兰地在我的身体里像一团火，因此我不得不再喝点儿苹果酒。但是这样由冷到热又由热到冷，我明白自己到了九十度。波立忒呢，几乎到了一百度。"

门开了，枚立进来了，并且在没有来得及向我们道早安之前，立刻就嚷："臭猪，你们两个人早已都到了一百度了。"

这样一来，马诘生气了：“别这么说，枚立，别这么说，我从来没有到过一百度。”

他们请我们吃了一顿很好的午餐，坐在门外的两棵菩提树下，旁边是“大肚子圣母”礼拜堂，面对着开阔的美景。后来马诘用掺杂了好些出乎意外的轻信的嘲笑口吻说了好些不可思议的显灵的故事。

我们喝了好多值得赞美的苹果酒，有劲儿又带甜味，又凉又醉人，比一切饮料都好喝，后来我们跨坐在椅子上抽着烟斗，这时候，有两个信女来了。

她们全是年老的，干瘦的，弯着脊梁的。致敬之后，她们问起了圣徒白朗。马诘向我们眨了眨眼睛才说道：“我就来拿给你们。”

他走到柴房里去了。

他在那里边足足逗留了五分钟，随后才皱着眉头走回来。他举起两只胳膊说道：“我不知道他在哪儿，找不着他了，不过我的确有那么一个。”

于是他用双手做出一个传声筒，重新嚷着：“枚立！”他妻子在院子后面回答道：“有什么事？”

“圣徒白朗在哪儿？柴房里找不着。”

这时候枚立迅速地说道：“可是上星期你拿了去塞兔子房窟窿的那一个？”

马诘的身体轻轻地抖动了一下：“活见鬼，真有这么一回事！”

于是他向那两个妇人说：“你们跟我来。”

她们跟上去了。我们也照样跟上去了，因为忍着不让自己笑出来真有点难受。

果然，圣徒白朗像木桩一般被钉在地面上，满是烂泥和脏东西，在兔子房的边角上派上了用场。

那两个信女一下看见了圣徒像，都一起跪下来，画着十字，并且开始念祷告文了。但是马诘赶忙跑过去：“你们等着吧，你们现在都在烂泥里，我去给你们找一束麦秸来。”

他去找麦秸了，后来用它给她们做了一个垫子。接着，仔细瞧着他这个满身污秽的圣徒像，并且无疑地害怕他的买卖丧失信用，他便接着说：

“我来把他弄干净点。”

他取来一桶水、一个刷子，接着就使劲地洗刷那个木偶，那两个老妇人在这过程中始终没有停止祷告。

随后，他刷洗完毕，接着又说：“现在，再没有什么不好的了。”末了，他引了我们去喝一杯。

刚把杯子举到自己的嘴边，他又停住了，接着用一种略显不好意思的神情说：

不错，我是拿圣徒白朗像堵兔子窝了，我真以为他赚不来钱了。这两年以来就没有人问过他。不过圣徒们，您两位可看见，这是从来不会过时的。”

他喝了酒并且又说道：“来，大家再喝一杯。跟朋友们在一块儿，不应当低于五十度，而现在，我们都还只有三十八度。”

名师点拨

作者在塑造马诘老爹这个人物形象时，着重表现的是他“老行伍的哄人手段和诺曼底人的小聪明恶作剧”，这两个特点在马诘身上却并不可恶，只是有些可笑。

好词多积累

成百上千　妙不可言　斟酌　不可思议　混淆不清　心悦诚服
且战且走　绚烂

佳句任你评

★那地方，应当是世界上绝美的观景点之一，我们的背后有鲁昂，市区里满是礼拜堂，雕琢得如同象牙玩具样的戈忒钟塔；前面，圣绥韦，以工业著名的近郊区，向天空竖起成百上千的冒着黑烟的烟囱，正和古老市区里的成百上千的神圣钟塔遥遥相望。

★秋天，绚烂的秋天，把它的金色和紫色掺杂在依然鲜明的残存的绿色里，仿佛是太阳熔化了，一滴滴从天上落到了茂密的树丛里。

大家来思考

小说前半部分用“同伴”的口吻介绍马诘，这在叙述上有何作用？

绳　子

名师带你读

一个勤俭节约的老头在路上捡了一小段绳子，却被他的冤家对头借题发挥，造谣生事，使得老头百口莫辩。尽管最后真相大白，但是老头似乎已经摆脱不掉他人的猜疑和毁谤，最终气绝身亡。

条条通过哥代维尔镇的路上熙熙攘攘，乡下人携家带口，纷纷朝镇上奔去，这天正是赶集的日子。男人们不急不慢地迈着步子，长长的罗圈腿每迈一步，整个上身就向前俯冲一下，要知道，艰苦的劳作早已使得他们的双腿变成畸形。耕地时，上身压犁，左肩就得耸起，身子就得歪着；收割麦子时，两膝就得叉开，以便站得稳当；此外，地头还有好些别的繁重农活也都很折磨人，长年累月如此，他们的腿也就变了样。这天，他们身上穿着蓝布罩衫，浆得笔挺，闪闪发亮，像是涂了一层清漆，领口与袖口都有白线绣的小花纹。他们上身瘦骨嶙峋，衣衫罩在身上就像胀得鼓鼓囊囊的气球，似乎将要升空而去，从气球里伸出来的，是一颗脑袋、两条胳膊、两条腿。

有些人用绳子牵着母牛或牛犊，他们的女人跟在牲口后面，用带有叶子的树枝抽打牛的两肋，赶它们快走。她们手臂上挎着大篮子，从篮里不时探出鸡脑袋、鸭脑袋。她们走起来，步子比男人小，速度却较为急促，干瘪的身子挺得笔直，披着狭小的披肩，用别针别在扁平的胸前，头上紧裹着白布，上面再扣一顶无檐的便帽。

一辆设有长凳、可以载人的大车驶过，拉车的那匹矮马有节奏地跑步前进，车上并肩坐着两个男人，车里还有一个女人，正饱受颠簸之苦，那女的紧紧抓着车沿，以免东倒西歪。

哥代维尔镇的广场上，早已是熙熙攘攘的人群，嘈杂的人声与牲畜声闹成一片。攒动的人群里，露出牛的犄角、富裕农民的长绒高帽与女人的头饰。尖锐刺耳的叫喊声，吵吵嚷嚷，响成一片，时而，有某个快快活活的粗汉子爆发出一阵大笑，或者是一头蹲在墙角的母牛发出一声吼叫，声音洪亮，盖过了那一片喧闹。

集市上弥漫着牲口味、奶味、粪味以及草料味与汗水味，散发出人畜混杂，特别是乡下人所特有的酸臭汗水味，刺鼻难闻。

布雷奥泰村有个老头，名叫奥希科尔纳，这天一到镇上，他就径直朝广场走去，正好见到地上有根绳子。他是个地地道道的诺曼底人，节俭成性，心想，凡是有用的东西都该捡起来；于是，他费劲地弯下身去，因为他患有关节炎。他从地上拾起这根绳子，正要慢慢把它卷起来时，却发现马具匠玛朗丹站在自家门口盯着他。他们两个人过去在一起做过生意，结果闹翻了，两人都心眼狭小，喜欢记仇，至今仍未和解。奥希科尔纳老头见自己从牲口粪里捡一根绳子，却被自己的冤家对头瞧个正着，不由得羞惭难当，无地自容，他赶紧把绳子塞进褂子，接着，又藏进裤子口袋里，然后，假装在地上找什么东西却没有找到的样子，最后，才弯着他那有风湿病的腰，探着脑袋，朝集市上走去。

他很快就汇入人流之中，赶集的人吵吵嚷嚷，缓缓流动，不停地讨价还价，十分活跃，非常热闹。那些农民用手抚摸抚摸奶牛，走过去，又走回来，担心上当受骗，拿不定主意，唯恐上当，还偷偷观察卖主的眼神，想要识破对方的花招，挑出牲口的毛病。

农妇们将自己的大篮子放在脚前，把里面的家禽捉出来摆在地上，那些可怜的鸡、鸭，爪子被捆绑着，眼神惊恐，冠子通红。

她们听着买方出的价钱，无动于衷，表情冷冰冰的，仍然坚持自己的原价，有时，却又蓦然改变主意，同意对方出的价钱，叫住正慢吞吞离去的买主，喊道：

“就这么着吧，安第姆大爷。我卖给你了。”

稍迟一点，集市上的人渐渐稀少起来，教堂敲响了午祷的钟声，住在远乡的农民纷纷前往客栈。

茹尔丹客栈的大厅里，挤满了来用餐的客人，宽敞的院子里也停满了各式各样的车辆，有运货车，有带篷的轻便马车，有带长凳的四轮车，有双人马车，还有好些叫不出名的手推车，车上沾满黄泥，车身已变形走样，东拼一块，西补一块，有的车辕朝天，像伸着两条胳膊似的。就餐的人都已经坐下，身后就是巨大的壁炉，炉火烧得正旺，把右排客人的背部烤得暖暖的。三根铁钎上都叉着小鸡、鸽子与羊腿，在炉火上转动，烤肉的香味与脆皮流油的香味，从炉膛里飘出来，叫人垂涎欲滴。

乡下人中的有钱人都来茹尔丹老板的店里用餐，茹尔丹既开客店，又贩卖马匹，为人狡诈，口袋里颇有几个钱。

菜肴一盘又一盘端了上来，用餐者一扫而光，黄色的苹果酒喝掉一罐又一罐。大家都在谈自己的买卖，卖出去什么，买进来什么。人们也在打听当年的收成。天气对草料很有利，对麦子来说，则雨水多了一点。突然，屋前的院子里响起鼓声，除了个别几个人漠不关心，大家都站了起来，跑到门或窗前，嘴里仍塞满饭菜，手里还拿着餐巾。宣读告示的公差一通鼓敲罢，断断续续地一板一眼地宣读起来："兹向哥代维尔的居民，以及所有前来赶集的乡亲们宣告，今天上午九点至十点之间，有人在伯兹维尔的大路上遗失黑色皮夹一个，内有五百法郎及商业票据，如有拾到者，请立即送交镇公所，或送到马纳维尔的福尔菊内·乌尔布雷克老板家，将得到十法郎的酬谢。"公差宣读完便走了。不一会儿，在较远处又响起一通鼓声与公差的宣读声，只不过声音微弱了一些。

于是，饭厅里的人纷纷议论起这件事，有的说乌尔布雷克老板还有可能找回皮夹，有的说他不可能找回去了，众说纷纭，莫衷一是。大家用完了午餐。正当他们在喝咖啡的时候，警长出现在店门口。

他发问道："布雷奥泰村的奥希科尔纳老爹在这里吗？"奥希科尔纳正坐在一张桌子的那一头，他应道："我在这儿呢。"

警长接着说："奥希科尔纳老爹，劳驾跟我到镇公所走一趟，镇长有话要同你说。"奥希科尔纳老头吃了一惊，颇为不安，他将自己那一小杯酒一饮而尽，站起身来，这时，他的腰比上午弯得更厉害了，因为，每次坐歇之后站起来行走时，他感到格外困难，他一边走，一边咕咕哝哝："我在这儿呢，我在这儿呢。"他跟随在警长的后头。镇长正坐在靠背椅上等着他。这位一镇之长，在当地以公证人为业，身体肥胖，神情严肃，讲起话来喜欢夸大其词。

"奥希科尔纳老爹，"他开腔了，"有人看见您今天上午在伯兹维尔的大路上，捡了马纳维尔的乌尔布雷克丢失的那个皮夹。"

这乡下老头目瞪口呆，望着镇长，不知道为什么，这怀疑突如其来，使得他特别恐惧。

"我，我，我捡了那个皮夹？"

"不错，就是您。"

"以人格担保，我从来就没见过什么皮夹。"

“有人看见您啦。”

“有人看见我？谁看见我啦？”

“玛朗丹先生，那个马具商。”

这时，老头子才猛想起来，弄明白了事情的缘由，他气得满脸通红，叫冤道：“唉哟，原来是他，这个混蛋！他看见我捡起来的，就是这根绳子，镇长先生，您瞧，就是这根。”

说着，他从口袋里掏出了那根绳子。但是，镇长不相信，摇了摇头，说：“您没法叫我相信，奥希科尔纳老爹，玛朗丹是一个讲信誉的人，他怎么会把一根绳子当成一个皮夹。”

这乡下佬愤怒起来，他举起一只手，又向旁边啐了一口，表示赌咒发誓，又说：“我讲的千真万确，镇长先生，一点也不假，我以我的灵魂发誓。”

镇长又说道：“您捡到皮夹之后，还在泥土里找了半天，生怕皮夹里有硬币掉在地上。”

这个老实巴交的乡下人，又气恼，又害怕，几乎说不出话来。

“怎么可以说！……怎么可以说……这种谎话，来诬陷一个好人！怎么可以说……”

他的抗议毫无用处，对方根本不信他。

于是，就安排他跟玛朗丹先生对质，玛朗丹一再重复并坚持自己的证词，他们两人对骂了足足一个小时。根据奥希科尔纳的要求，镇长在他身上搜了一遍，结果什么也没搜出来。

最后，镇长束手无策，只好把他打发走了，不过对他讲明，此案还要上报检察院，等候命令再作处理。这件事已在镇上传开了。老头一走出镇公所的大门，就被人围上，大家纷纷向他问这问那，有的一本正经带着好奇心，有的则是嘲弄的态度。于是，他把捡绳子的经过原原本本讲了一遍。大家都不信，哄然大笑起来。

他往前走着，时而，有人将他截住，时而，他截住自己的熟人，一遍又一遍讲他捡到绳子的事，表示愤愤不平，还将自己的口袋翻个底朝天，证明他什么也没有。没有人相信他的话，他气愤不平，极为恼火，心里既狂躁又痛苦，不知如何是好，于是，逢人便讲自己的遭遇，没完没了。夜幕降临，该回家了。

他与三个邻居同行，向他们指出自己捡绳子的地点，一路上，又把自己的遭遇讲了一通。当晚，他在自己的村子里走了一圈，为的是向乡亲们诉说自己的不幸遭遇，但是，没有人信他。他彻夜未眠，有如大病缠身。

第二天，下午一点钟左右，依莫维尔村布雷克先生的农庄里，有个名叫马里尤斯·波梅尔的长工，把皮夹连同里面的钱钞、票据送还失主。据这个长工说，他确实是在大路上拾到的，因为不识字，所以他只有请人通过票据上的姓名才找到失主。这个消息立即传遍了周围四乡，奥希科尔纳老头很快也就听说了。他立即到各处转悠，把真相大白的故事讲给乡亲们听。“当时叫我痛心的，”他这么说道，“并不是那么一件事本身，您明白吧，而是有人故意撒谎，谎话害得你遭诬陷、受冤枉，没有什么比这更叫人难受的了。”

他整天都在讲自己的故事，倒苦水，在路上向遇见的熟人讲，在小酒店里向喝酒的人讲，星期日在教堂门口向做弥撒的人讲，甚至硬拉住不相识的人讲。现在，他心情舒坦了，然而，他仍感到还有点什么东西使他不自在，而他又说不清究竟是什么。听他讲话的那些人总是一副嘻嘻哈哈的神情，看上去他们并不真信他。他似乎觉得有人在他背后议论他。

到了下一个星期二,他又去哥代维尔镇赶集,一心只想在那里再讲讲自己的遭遇。

玛朗丹正站在自家门口，见他路过，便乐了起来。这是为什么呢?

他走到克利格多村一个乡下人跟前，又讲起自己的故事，对方没等他讲完，就在他肚皮上拍了一拍，冲着他的脸，高声说道：“老滑头，得了吧！”说完便走开了。

奥希科尔纳愣住了，愈来愈感到不安。为什么人家叫他“老滑头”？

他来到茹尔丹老板的客栈，在桌前一坐下，又开始说自己的遭遇。

蒙蒂维列埃的一个马贩子朝他高声说道：“得啦，得啦，老一套，我知道，还是你那根绳子！”

奥希科尔纳结结巴巴地说：“那个皮夹，不是已经找到了吗？”

那马贩子说：“别往下说啦，我的老爹，一个人捡到皮夹，另一个人又把它还回去，神不知，鬼不觉，天衣无缝，把别人蒙在鼓里。”

这乡下佬气急败坏，说不出话来。他终于恍然大悟，原来大家都认为是他捡到皮夹后，又让自己的同伙把皮夹还了回去。

他想抗议，厅里的客人却哄堂大笑起来。

他没有吃完饭，起身就走，在一片嘲笑声中离开了客栈。

他又羞又气回到家里，愤怒与羞耻堵得他憋气心慌。特别叫他生气的是，凭他那诺曼底人的狡猾，他本来完全能够做得出别人指责他的那种事，甚至还可以在事后自鸣得意，吹嘘自己手段高明。他模模糊糊感到，自己是怎么也摆脱不掉这个强加的罪名了，因为，大家都认定他本来就老奸巨猾。一想到这种毫无道理的偏见，

他就心如刀割。于是，他又开始诉说自己的遭遇，每次讲述，都要添油加醋，补充一些新的理由，愤愤的情绪愈来愈激昂，赌咒发誓也愈来愈厉害。他常常说这些气话、狠话，要知道，他日所思，夜所想，只有一件事，就是那根绳子。他为自己所作的辩解越是周密细致，理由充足，别人就越是不相信他。

“瞧他，明明在说谎，偏偏要狡辩。”在他背后，大家都这么说。

他感觉到这一切，忧心如焚。他使出全身的劲去辩解，却无济于事，倒弄得自己精疲力竭。

眼见他委靡憔悴，日胜一日。

那些爱取笑的人，为了逗乐，老逗他讲“绳子的故事”，就像请参加过战争的士兵讲述战斗故事一样。在毁灭性的打击之下，他整个精神彻底崩溃了。

十二月底，他病倒在床。

一月初，他死了，临终前，在昏迷之中，他仍在不停地表白：“一根绳子……一根绳子……瞧，就在这里，镇长先生。”

名师点拨

小说通过一个农民因为捡了一根绳子而被诬陷、被嘲讽，最后被谣言打击致死的事件，揭露了普法战争后法国社会损人利己、暗箭伤人等道德败坏的现象。

好词多积累

熙熙攘攘　长年累月　瘦骨嶙峋　东倒西歪　天地不容　三心二意

垂涎欲滴　天衣无缝　恍然大悟　自鸣得意　老奸巨猾　无济于事

佳句任你评

★这天，他们身上穿着蓝布罩衫，浆得笔挺，闪闪发亮，像是涂了一层清漆，领口与袖口都有白线绣的小花纹。他们上身瘦骨嶙峋，衣衫罩在身上就像胀得鼓鼓囊囊的气球，似乎将要升空而去，从气球里伸出来的，是一颗脑袋、两条胳膊、两条腿。

大家来思考

奥希科尔纳临死前昏迷时还在不停地表白，说明了什么？

阅读延伸

同龄感悟

《莫泊桑短篇小说精选》读后感

《莫泊桑短篇小说精选》，按其内容题材，大致可以分为三类：一是描写劳动人民的悲惨遭遇的，如《两个朋友》；二是讽刺虚荣心和拜金主义的，如《项链》《我的叔叔于勒》；三是描写普法战争的，如《羊脂球》。这些小说凭借布局结构的精巧、典型细节的选用、叙事抒情的手法以及行云流水般的文笔，给后世作家在短篇小说的创作上提供了范本。

莫泊桑笔下，人物心理的刻画细腻到位，环境场景的描写客观生动，故事情节的设计完整巧妙，而结尾往往出人意料，却又发人深省。读莫泊桑的小说，我们看到富人与穷人之间的差距，透过文字看见现实生活的真实写照，从而深切感受到作者对社会、对世人的态度；读莫泊桑的小说，我们可以感受到他对贵族们寡廉鲜耻的抨击，对小资产阶级爱慕虚荣的风气的讽刺，对资产阶级腐化堕落、拜金主义等丑恶风尚的鄙视，以及对穷苦人民悲惨命运的同情，对劳动人民优秀品质的歌颂，还有他那浓浓的爱国之情。

首先值得推荐的便是莫泊桑的成名作《羊脂球》，小说通过一名拥有爱国主义精神的妓女的遭遇，讽刺了那些所谓的社会贵族阶层的卑躬屈膝和自私懦弱。尽管“羊脂球”的身份是社会地位极低的妓女，但她仍然是一个有着坚强意志和爱国热忱的英雄。而那些与她同行的有钱或有权的旅伴，犹如当年他们的祖先出卖贞德一样，出卖了“羊脂球”，这是一个民族的悲剧。《羊脂球》充分地表达了莫泊桑的爱国主义精神，对只顾私利而不顾民族尊严的贵族资产者的寡廉鲜耻进行了猛烈抨击。

对小资产阶级虚荣心、拜金主义的讽刺和批判，在《项链》这篇小说中表现得很充分。女主人公玛蒂尔德为了参加一次上流社会举办的晚会，向富有的女友借项链，结果弄丢借来的项链，为了赔项链，从此开始了十年艰辛的生活。若不是虚荣心作祟，玛蒂尔德不会因为短暂的美梦而付出十年的青春。最令人心酸的是，当玛蒂尔德还清了欠款之后，才意外发现，当年弄丢的不过是一串假项链。这是作者对女主人公贪慕虚荣的极大嘲讽，还是对女主人公历尽艰辛之后精神丰满的极大肯定？仁者见仁，智者见智。

《一家人》中，围绕老太太死而复生的情节，描写了卡拉望夫妇和卡拉望妹妹一家人的“明争暗斗”，暴露了在金钱和利益面前，世人对亲情的淡漠。

莫泊桑不是哲人，也不是历史学家。也许他没有巴尔扎克那种深邃的历史洞察力，也不如他的老师福楼拜那样缜密细致，也比不上左拉的视野宽广。但是他具备一种非凡的捕捉生活的能力，善于从一般人视而不见的凡人小事中，发掘出带有本质意义和美学价值的内容，从而大大丰富了文学题材。

《羊脂球》读后感

故事发生在普法战争中，法国军队溃败，十名法国乘客同乘一辆马车离开法国，结果在途中被普鲁士军队拦截。普鲁士军官要求“羊脂球”陪他过夜，遭到“羊脂球”的拒绝，于是马车被禁行。其他九位乘客为了眼前的利益，为了自己的目的，不顾民族尊严，更不顾“羊脂球”的意愿，想尽各种办法劝服“羊脂球”屈从普鲁士军官的无理要求。“羊脂球”在众人的连番“轰炸”下，最终屈服了。等到马车再次上路时，同行的九名乘客却对“羊脂球”冷嘲热讽，嫌弃她行为不端、作风不正。他们吃东西的时候，完全忘记了之前“羊脂球”拿出自己准备的食物与大家分享的奉献精神。

这篇小说中，具有讽刺性的对比手法贯穿全文，如马车上前后两次进食时各人言谈举止的对比，其他人对“羊脂球”前后态度的对比，初上车时三对夫妻的高高在上、目中无人和最后途中因戈尔笈兑唱《马赛曲》而狼狈不堪、愤怒之极的情绪对比。还有人物之间的对比，莫泊桑塑造了一组典型环境下的典型人物：卑劣下作的鸟老板、道貌岸然的伯爵、表面得体内心卑贱的几位贵妇人，与之对立的是身为妓女却深明大义、热爱祖国的“羊脂球”。

莫泊桑在身份卑微但心地善良的妓女“羊脂球”周围，刻画了一群身份高贵但心灵丑陋的人。他们有着崇高的社会地位，却有着和他们的地位成反比的肮脏的灵魂。用行为进行对比，用语言进行对比，用身份地位进行对比，使我们清晰地看到了他们身上的善与恶、美与丑。同样是普法战争的受害者，每个人的表现却如此不同。尽管“羊脂球”这个人物的外貌并不惊艳，但是她的心灵却光彩照人。

在战争面前，想保命是人的本能反应。但是越是危急的环境，越能体现出人的价值取向和道德品质。“羊脂球”也是为了躲避灾祸而乘车离开，但作者从“羊脂球”随身所带的衣食上，来体现“羊脂球”逃难前的从容淡定。从“羊脂球”随身带的食物和行李可以看出，她“逃跑”是有充分准备的，是带着尊严出逃的。而不是像那些老爷、太太那样，平时趾高气扬、目空一切，发生危险时，却慌乱得连食物都忘记了。作者冷静的观察、细致的描述，使我们清楚看到，在面临灾难时，谁是勇者，谁是懦夫。

作家名言

◆世上真不知道有多少能成就功业的人，都因把难得的时间轻轻放过以致默默无闻了。

◆人生活在希望之中，旧的希望实现了，或者泯灭了，新的希望的烈焰随之燃烧起来。如果一个人只管活一天算一天，什么希望也没有，他的生命实际上也就停止了。

知识考题

1. 莫泊桑的文学成就以__________最为突出，与__________和__________并称为世界三大短篇小说巨匠，对后世影响很大，被誉为____________________。

2. 下面哪些文学作品不是莫泊桑的小说？（　　）

A.《一家人》　　B.《米龙老爹》

C.《俊友》　　D.《麦琪的礼物》

3. 卡拉望、菲利浦、玛蒂尔德、马诘老爹分别属于莫泊桑的哪一篇小说？

____

4. 试分析《项链》中的女主人公形象。

____

5. 简述莫泊桑短篇小说的艺术特色。

____

____

____

参考答案

1. 短篇小说　契诃夫　欧·亨利　“短篇小说之王”
2. D
3. 《一家人》　《西蒙的爸爸》　《项链》　《一个诺曼底人》
4. 略
5. 略

(鄂)新登字 02 号

图书在版编目(CIP)数据

莫泊桑短篇小说精选/[法]莫泊桑著;曾明志编译.
—武汉:湖北教育出版社,2022.1
(中小学生大阅读:名师视频讲解版)
ISBN 978-7-5564-4627-8

Ⅰ.①莫…
Ⅱ.①莫… ②曾…
Ⅲ.①短篇小说-小说集-法国-近代
Ⅳ.①I565.44

中国版本图书馆 CIP 数据核字(2021)第 139556 号

莫泊桑短篇小说精选

出品人	方　平	视频讲解	韩茹冰
责任编辑	胡　瑾	责任校对	王艳波
封面绘图	孔　琳　王金亮	责任印制	李　枫
装帧设计	ZMYG 牛　红		

出版发行	长江出版传媒	430070　武汉市雄楚大道 268 号
	湖北教育出版社	430070　武汉市雄楚大道 268 号
经　销	新　华　书　店	
网　址	http://www.hbedup.com	
印　刷	武汉中远印务有限公司	
地　址	武汉市黄陂区横店街货场路粮库院内	
开　本	710mm×1000mm　1/16	
印　张	10	
字　数	178 千字	
版　次	2022 年 1 月第 1 版	
印　次	2022 年 1 月第 1 次印刷	
书　号	ISBN 978-7-5564-4627-8	
定　价	28.00 元	